講談社文庫

呪い禍

古道具屋 皆塵堂

輪渡颯介

JN036172

講談社

目次

古道具屋 皆塵堂《かいじんどう》
呪い禍

登場人物

麻四郎《あさしろう》
一人前の料理人になるべく福芳《ふくよし》で修業をしていたが、辞めることになる。千右衛門の紹介で皆塵堂《かいじんどう》で働くことに。何やら不運続き。

千右衛門《せんえもん》
料理屋千石屋《せんごくや》の先代。妻と息子を一度に亡くし、現在は孫に店を任せている。病に伏《ふ》していたらしいが……。

鮪助《しびすけ》
皆塵堂に居着いている猫。貫禄《かんろく》十分。

伊《い》平《へい》次《じ》

深川《ふかがわ》の古道具屋皆塵堂の主《あるじ》。曰《いわ》く品《ひん》ばかり集めてくる。大の釣り好き。

峰《みね》吉《きち》

皆塵堂の小僧。器用で客あしらいが上手。

加《か》代《よ》

木綿問屋上総屋《かずさや》の娘。使っている鏡台が何をしても開かなくなってしまい、困っている。

イラスト
山本（Shige）重也

呪い禍

古道具屋　皆塵堂《かいじんどう》

何かが起こる店

一

誰かに名を呼ばれた気がして、麻四郎《あさしろう》はぎくりと体を震わせた。

首に掛けていた手拭いを持ち上げ、顔を隠すようにしながら恐る恐る振り返る。

亀戸天神《かめいどてんじん》に近い場所なので、参詣の帰りと思われる者が数人、通りを歩いていた。

しかしその中に見覚えのある顔はない。少なくとも、ついふた月ほど前まで働いていた料理屋「福芳《ふくよし》」の者がいないのは確かだ。

まあそうだよな、と麻四郎は胸を撫《な》で下《お》ろした。福芳は池之端仲町《いけのはたなかちょう》にある。上野《うえの》の不忍池《しのばずのいけ》のすぐ脇だ。ここからは離れている。夕方の今は料理の仕込みだの何だのと忙しい時分なので、店の者がこんな場所を歩いているはずがなかった。

麻四郎は十一の年に故郷を離れて江戸に来て、それから十五年間ずっと、一人前の料理人になるために福芳の板場で修業してきた。真面目に勤めていたので、外に酒を飲みに行くようなことはなかった。ごくたまに兄弟子に連れられて他の店の料理を食いに出かけたくらいだ。そんな時も、ひたすら料理のことだけを考えていた。

　それに福芳はかなり大きな店で、客前に出ることはなかった。だから福芳の者以外で麻四郎のことを知っているのは、せいぜい江戸での請人《うけにん》になっている親戚が思いつくだけである。

　その親戚は神田《かんだ》多町《たちょう》で小さな居酒屋をやっている。やはり忙しい頃合いなので、こんな場所を歩いていることはない。

　どうやら名を呼ばれたと思ったのは気のせいだったようだ。麻四郎は、ふうっ、と大きく安堵《あんど》の息を吐き、それから前へと向き直った。

「うおっ」

　すぐ目の前に、白いひげを生やした爺《じい》さんがいた。やや小柄な爺さんで、手にしている杖《つえ》に体を預けるようにして立ち、下から麻四郎の顔を覗《のぞ》き込《こ》んでいる。

「ふむ。やはり麻四郎さんだったか」

「い、いつからそこに……いやそれより、私のことを知っているあなたは……」

麻四郎は後ずさりながら老人の顔をまじまじと眺めた。どこかで会っているような気がしたが思い出せなかった。

「儂《わし》のことが分からないようだな。まあだいぶ痩せてしまったから仕方ないか。儂は千右衛門《せんえもん》だよ。富岡八幡宮《とみおかはちまんぐう》の近くで料理屋をやっている……」

「あ、ああ、千石屋《せんごくや》さん……」

麻四郎が働いていた福芳の主《あるじ》の古くからの知り合いで、年に一、二度は互いの店に行き来している仲だ。千右衛門は福芳に来た時には必ず麻四郎たちがいる板場にも顔を出して、「修業は辛《つら》くないか」とか「困ったことはないか」などと奉公人たちに声をかけていた。

「その節は色々と励ましてくださって……ああ、いや、人違いです。私は麻四郎ではありません」

「おいおい、今さら誤魔化そうたって無理があるよ。お前さんは間違いなく麻四郎さんだ」

「は、はあ……申しわけありません」

「別に謝ることはないが……しかしそうしたい気になるのは分かる。お前さんの今の格好を見ると……」

千右衛門は麻四郎の頭の天辺《てっぺん》から足の先までをじろじろと眺め回した。それから麻四郎が担いでいる天秤棒《てんびんぼう》や、そこにぶら下がった籠に入っている塩へと目を向けた。

「お前さんは一人前の料理人になるべく福芳で懸命に修業をしていたはずだ。それなのに、どうして塩売りの行商をして歩いているのだね」

「これには深い事情がありまして……そ、それより千石屋さん、お体の具合はどうなのですか。病に臥《ふ》していると聞いていたのですが」

そのために千右衛門は、ここしばらく福芳に顔を出していなかった。今年はもちろん、去年も来ていない。麻四郎が千右衛門に会うのは久しぶりなのだ。病のせいで痩せ衰えてしまったこともあり、それで分からなかったのである。

「うむ。ちょっと長く患ってしまったな。随分と苦しい思いもしたが、お蔭様《かげさま》で今は楽になった。儂の病についてはもう心配はいらないよ。それより麻四郎さんの方だ。福芳での仕事はどうなったんだね」

「いや、それが、その……」

麻四郎は口ごもった。自分だけでなく福芳の内情とも関わってくるので、正直に話すべきか迷ったのである。しかし千右衛門は同業者で、福芳の主とも仲が良《い》いから、自分が話さなくてもいずれは知ることになるはずだ。それならば、と麻四郎は考えて口を開いた。

「実はですね、少し前から福芳は、店の方がうまくいっていなくて……いえ、すぐに店が潰れるとかいうほどではないのですが、あまりお客の入りが芳しくないと言いますか……」

「ほう」

「仕方なく奉公人の数を減らすことになったのです。それで、私が暇を出されたというわけでございまして」

「どうしてお前さんが？」

千右衛門は訝《いぶか》しげな顔で首を傾《かし》げた。

「福芳で働いている者の中では、お前さんは一番の腕を持っていた。同じ商売を長くやってきたこの儂が言うのだから間違いないよ」

「ありがとうございます。しかし、これは料理の腕とはあまり関わりのない話でございまして」

福芳には麻四郎の他に兄弟子が二人、それにまだ修業を始めて間もない弟弟子が一人いた。

上の兄弟子は三十代の半ばを過ぎており、外に所帯を持って通いで働いていた。さ

すがにこの男をいきなり放り出すわけにはいかない。独立するだけの金も貯《た》まってい
ないようだ。福芳から暖簾《のれん》分けの金を出せればいいのだが、内情が悪くて奉公人を減
らそうというのだから、当然そんなことはできない。
　また下の兄弟子は独り者だが、あまり腕の方は良くないので、他に働き口を求めよ
うとしても恐らくすぐには見つからないだろうと思われた。それに弟子は福芳の主
の親戚筋の者から頼まれて預かっているので、これも追い出すわけにはいかなかっ
た。
　結局それなりに料理の腕前があり、まだ二十六と若い麻四郎が、自ら申し出て店を
離れることになったのである。
「私の江戸での請人になっている人……祖父の弟の子供に当たるので従叔父《いとこおじ》とでも言
うのでしょうか、そのへんの呼び方はよく分かりませんが、とにかく親戚が神田の多
町で居酒屋をやっているのでございます。いざとなったらそこで働かせてもらえばい
いと思いまして……」
「なるほど。暇を出されたというより、お前さんの方から辞めたという形か」
　ふうむ、と唸《うな》り、千右衛門はまた麻四郎をじろじろと眺め回した。
「ところがなぜかお前さんは今、塩売りをして歩いている。もし何か事情があってそ

の親戚の店で働けなかったとしても、お前さんの腕ならいくらでも働き口が見つかるはずだが」

「いえ、親戚の店で働けることにはなっているのです。ただ、そこにも色々とわけがございまして……」

麻四郎は辺りを見回した。千右衛門は病み上がりの年寄りだから、立ち話を続けるのは大変だろうと思ったのだ。それでどこか腰を落ち着ける場所を探したのである。幸い、少し先の道端に参詣客を相手にしているらしい団子屋があった。客のための縁台が店の前に出ているが、今は誰も座っていない。

「道の真ん中に突っ立っていたら邪魔ですから、あそこで団子を食べながら話しましょう」

「ふむ」

千右衛門もちらりとその店を見たが、すぐに麻四郎に目を戻して首を振った。

「あいにく持ち合わせがないものでね」

「団子代くらい私が出します」

「しかし、お前さんは銭に苦労しているように見えるが」

「そ、そんなことはありません。店を離れる時に、多少はいただいておりますので」

これは千右衛門に余計な気遣いをさせないための嘘《うそ》である。少しだが銭を渡すと福芳の主に言われたのは事実だが、店のことを考えて麻四郎の方から断ってしまっている。

「とにかく団子を食べましょう。あちこち歩き回って腹が空いているのですよ。迷惑でしょうがどうかお付き合いください」

麻四郎は千右衛門の腰を支えようと手を伸ばした。しかし千右衛門は「いや、いい」と軽く手を振った。

「一人で歩けるから儂に構わなくていいよ」

「左様でございますか。それでは私は先に行って、団子を注文しておきます。千石屋さんは後からゆっくりと来てください。急がなくて結構ですから」

麻四郎は天秤棒を担いで歩き出した。たまに振り返って千右衛門の様子を見る。ゆっくりでいいと言ったのに、近づくのが案外と速い。あまり無理をしなくても、と思うと同時に、病の方はすっかりよくなったみたいだな、とほっとした。

団子屋に着くと、すぐに店の奥から若い娘が注文を取りに出てきた。

「団子を二人前頼むよ。もちろんお茶も二杯だ」

「はあ。お茶も二杯でございますか」

「うむ。後から来る人がいるのでね」

娘はまた「はあ」と気の抜けたような返事をして、きょろきょろと通りを見回した。それから「はあ」と再び、店の奥へと引っ込んだ。

塩売りの道具を邪魔にならないよう団子屋の建物の陰に置かせてもらい、それから縁台の所に戻ってくると、ちょうどうまい具合に千右衛門がやってきた。

「どうぞお掛けください。今、団子とお茶が来ますから」

これまたちょうどよく盆を手にした娘が出てきた。茶や団子を麻四郎の方に固めて置く。気の利かない娘だ。麻四郎は顔をしかめながら娘に代金を渡すと、茶と団子を千右衛門の前に動かしながら先ほどの話の続きを始めた。

「居酒屋をやっている私の親戚……芝蔵《しばぞう》という人なのですが、福芳を出た後で私はすぐにその芝蔵さんの店へ行きましてね。事情を話して、ここで働かせてくれないかと頼んだのです。芝蔵さんの方も、そういうことなら仕方がないと一応は頷《うなず》いてくれました。しかし、二つばかり条件が出されましてね」

「ほう。いったい何を言われたんだね」

「一つは、もう少しの間かみさんと二人で働きたいから待ってくれないか、ということです。芝蔵さんはご夫婦でお店をやっているのです。お子さんはいらっしゃいません。ですからもうしばらくの間は二人で懸命に働き、その後に私が入って徐々に店のことを覚えていく、というのでどうだ、と言うのです。場合によってはそのまま私に居酒屋を継がせてもいい、とまで言ってくださいました」

「ふうむ。おしどり夫婦なのかな。羨ましい話だ。儂は連れ合いが早くに死んだからね。それに、倅《せがれ》たちも」

「ああ、左様でございましたね……」

千右衛門は、かみさんと息子を流行《はや》り病でいっぺんに亡くしているのだ。十年ほど前のことである。それに息子の嫁は、さらにその十年くらい前に、同じく病で他界している と聞いた。

息子が死んだ時には千右衛門はもう隠居していたのだが、まだ孫が若かったために千石屋の主に戻ったという事情があった。

「親戚の店を継げるかもしれない、というのはお前さんにとってはいい話だが……しばらく待ってくれというのは困るな。その間、お前さんはどうしろと言うんだね」

「それが二つ目の条件です。福芳では料理を運ぶ者が別にいましたから、私はお客の前に出ることがありませんでした。しかし芝蔵さんの店は小さな居酒屋ですから、直《じか》にお客の相手をしなければなりません。美味《うま》い料理を作るだけではなく、酔っ払いに話を合わせたり、暴れたりする人をうまく宥《なだ》めたりといった、客あしらいの力も大事になる、というのが芝蔵さんの考えなのです。だから私は、しばらくは振り売りなどの、直にお客の相手をする仕事をするべきだ、と言うのです」

「ううむ」

千右衛門は唸った。腕を組み、難しい顔で天を仰ぐ。それから、そのままの顔で麻四郎を見た。

「お前さんが福芳を出たのはいつだね。今から、多分ふた月よりは前だと思うが」

「はあ、おっしゃる通りです。よく分かりましたね。ちょうどふた月前のことです」

「それからずっと塩売りで食っているのかね」

「いえ、他の振り売りも少し」

酒や油の行商もしたことがある。しかし重すぎてうまくいかなかったのだ。もちろん料理人も力を使う仕事がないわけではない。だが力を使う場所が違うらしく、肩や腰が痛くなってしまった。そこで、わりと年寄りも多くやっている塩売りを始めたのである。やはり大変だが、酒や油と比べると少しだけ楽だった。

「客あしらいを覚えるためなら、芝蔵さんの所のような小さな居酒屋で働けばいい。福芳で働いていたと言えば雇ってくれる店などいくらでも見つかるだろうに」

「芝蔵さんは、振り売りから始めた方がいい、と言うのです。様々なお客の話に合わせるために、もっと広く世の中のことを知るべきだ、という考えからのようです。ですから、どこかの店で働くにしても、食い物屋ではない別の商売をしている所で働いた方がいい、と言われました」

「しかしそれだと、料理から離れてしまうことになる。腕が落ちてしまうだろう」

「もしどこかの店で世話になったら、そこの賄いを任せてもらえないか頼んでみるつもりです」

「う、ううむ」

千右衛門はまた唸った。ますます難しい顔つきになる。

「分からん。芝蔵さんの言うことは、確かに理に適《かな》っている点はある。酔客の相手をするのは大変なことだからな。しかし一方で、合点《がてん》がいかない部分もかなりある。料理の件などがそうだ。どうもね、芝蔵さんはお前さんに隠し事をしているような気がしてならない。それが何かと問われても答えられないが……」

折れるんじゃないかと心配になるくらい大きく首を捻《ひね》って考え込んだ後で、千右衛門は再び「分からん」と呟《つぶや》いた。それから渋い表情で麻四郎を見た。

「残念だよ。もし儂が病に倒れずにそのまま千石屋を続けていれば、是が非でもお前さんをうちの店に雇い入れるところだったのに。しかしそれも無理だ。今は孫の万治《まんじ》郎《ろう》が千石屋を引き継いでいるんだが、料理の腕は今一つだし、それ以上に商才がなくてね。福芳さんどころじゃないくらい内情がまずいんだよ。このままではまず間違いなく、潰れるな」

「しかし、もう千石屋さんはこうしてお元気になったではありませんか。それならまた千石屋の主として、お孫さんと一緒に店を立て直せばいい。私で良ければいくらでも力になります。事情を話せば芝蔵さんも分かってくれるでしょうから」

「ふむ、何ともありがたい、そして嬉《うれ》しい申し出だ。だが、お前さんほどの腕の者を潰れかけの店に迎え入れるわけにはいかない。お前さんが思っているよりも千石屋はひどい有り様なんだ。儂はね、店と一緒にあの世へ行くことに決めたよ」

「そ、そんなことをおっしゃらずに」

「……と、思ったんだが、ここでお前さんと会って考えを改めた。それに儂が良くても、先に逝った倅夫婦が納得しないだろうからね。だから、儂はもうひと踏ん張りしてみることにするよ。ただ、言ったように今の千石屋ではお前さんを雇うことはできない。うまくいきそうだ、となったら、お前さんを呼びに行くよ。それでいいかい」

「はい、お約束します」

麻四郎は大きく頷いた。

「それまでずっと塩売りをして歩くのは大変だろう。儂がいい店を教えてやるよ」

千右衛門は立ち上がり、千石屋はあっちの方かな、と南西の方を指差した。

「うちの店は富岡八幡宮の近くにあるが、ここからだとその手前に、亀久橋《かめひさばし》という橋がある。仙台堀《せんだいぼり》に架かっているのだが、そのそばにね、皆塵堂《かいじんどう》という名の古道具屋があるんだよ。そこで働いたらどうだろうと思うんだ」

「はあ、古道具屋でございますか。いや、私は道具のことは何一つ分かりません。料理人なので皿や包丁みたいな物なら多少は分かるかもしれませんが……」

「それでも平気だよ。値の張りそうな品など一つも置いていない店なんだ。どこの家にもある、鍋や釜、笊《ざる》、桶《おけ》などがごちゃごちゃに積まれている。もう、とにかく散らかっているよ。二束三文でまとめて買い取っているに違いない。だから古道具の目利きなどできなくても心配はいらない」

「しかし私のような者がいきなり行っても、雇ってくれるとは思えませんが」

「皆塵堂では常に働き手を探しているという話だから、それも平気だろう。それにね、住み込みで働くわけだから店賃《たなちん》の心配もない」

「ああ、住み込みというのはいいですね」

麻四郎は福芳を出てから、とてつもなく古くて汚い裏店《うらだな》に住んでいる。芝蔵が見つけてきてくれたのだが、取り得は安いことだけだ。夜は壁が崩れてくるのではないかとびくびくしながら寝ている。そこを出られるのはありがたい。

「それでは、儂はもう行くよ。千石屋の方が何とかなりそうだったら、儂か、あるいは代わりの者が呼びに行く。お前さんの方からは来なくていいからね。さすがに半年や一年も経《た》ってしまったら別だが、それまでは、お前さんは目先の仕事をしっかりとやってくれ」

団子をご馳走様《ちそうさま》、と最後に目を細めながら言い、千右衛門は歩き出した。杖を突いてはいるが、かなり矍鑠《かくしやく》とした動きだった。千石屋まで送っていくつもりだったが、この分なら必要ないかな、と思いながら麻四郎はその背中をしばらく見送った。それから塩売りの道具が置いてある場所へ行き、天秤棒を担いで振り返ると、もう千右衛門の姿は見えなくなっていた。

二

翌日の朝四つ（午前十時）頃。麻四郎は亀久橋の近くにいた。

少し離れた場所から皆塵堂を眺めている。もし店が見つからなければ誰かに訊《たず》ねようと思いながら歩いてきたのだが、そんなことをしなくても皆塵堂はすぐに分かった。千右衛門が言っていたように、鍋や釜、笊、桶などが乱雑に積まれた、とにかく散らかった店だったからだ。売り物なのだからもっとちゃんとすればいいのに、と眉をひそめる。

その皆塵堂の隣の店の前に、米俵が積まれた大八車が置いてあった。どうやらそちらは米屋のようだ、と思いながら麻四郎は歩き出した。しかし皆塵堂ではなく、その脇の狭い路地に入った。聞きしに勝る汚い店だったので、まずは周りの様子を見て気を落ち着けてから、と考えたからである。

板塀越しに皆塵堂の建物を横から眺めてみた。思っていたより奥行きがある。通り側の店の土間と帳場の先に部屋が二つくらいありそうだ。さらにその後ろに、建物にめり込むように蔵が建っている。元は別々に建っていたのだろうが、後から母屋の方の建て増しをして、蔵とくっつけたように見えた。

妙な造りだな、と思いながら麻四郎は路地を引き返し、皆塵堂の正面に立った。

古道具が積まれているせいで店の奥の方はよく見えない。しかし人がいる気配は感じられる。

ふう、と一つ大きく息を吐き、それから顔をきりりと引き締め、皆塵堂の中に向かって声をかけた。

「ごめんくださ……」

「お兄さん、助けて」

店の奥から十二、三歳くらいと思える小僧が飛び出してきて、素早く麻四郎の背後に身を隠した。

「な、なんだ」

びっくりしていると、今度は剃刀《かみそり》を手にした年寄りが店の中から姿を現した。

「こら峰吉《みねきち》、隠れたって無駄だ」

「な、な、な……」

これには驚きすぎて、腰を抜かしかけた。思わずその場から逃げ出しそうになったが、かろうじて踏みとどまる。

麻四郎は小僧を庇《かば》うように両腕を横に広げ、年寄りに向かって震える声で叫んだ。

「お、おやめください。この子が何をしたかは存じませんが、殺《あや》めるのだけは、どうか……」

「ああ？」

年寄りは不思議そうに麻四郎の顔を眺めた。

「何を言っているんだね。儂は峰吉の命なんかいらんよ。欲しいのはその髪の毛じゃ」

「は、はあ……」

戸惑っていると、後ろにいた小僧が麻四郎の前に出てきた。

「お兄さん、おいらいくつに見える？」

「うん？　年を訊《き》いているのかい。それなら、十二か、三か。あるいはもう少し下か……」

小僧がにやっと笑った。年寄りに向かって、勝ち誇ったように言う。

「ほら、やっぱりおいらはまだ十二、三なんだよ」

「いやいや騙《だま》されちゃいかんぞ、若いお方。この峰吉はね、こう見えてもう十五なんだよ。そろそろ一人前の大人にならなければいかん。だから前髪を……」

「ははあ、そういうことでしたか」

麻四郎はほっとして、はあ、と安堵の息を吐き出した。峰吉という小僧はまだ「前髪立ち」という、前髪を残した子供の髪型をしている。年寄りはこれを剃《そ》り落《お》として大人の髪型にするつもりだったようだ。

「嫌がっているみたいですから、無理に剃らなくてもよろしいのではありませんか。十五くらいで剃ることが多いようですが、それも店によって違います。十七、八まで残している者もいます。この子はまだ体も小さく、幼く見えますので、もう少し後でも……」

峰吉が満面に笑みを浮かべて、うんうんと頷いている。愛嬌《あいきょう》に溢《あふ》れた、とても可愛《かわい》らしい笑顔だった。

「見た目に騙されてはいかん。峰吉は幼く見えても、中身は誰よりも大人なんだ。だいたいね、髪を剃りたくないのだって『可愛い小僧の格好の方がお客に品物を売りつけやすい』からなんだよ。そういう考えがもう可愛くないだろう。まあ、今日のところはお前さんに免じて勘弁してやるけれどね」

峰吉が、小躍りしながら麻四郎の周りを一回りした。喜びを全身で表しているのだろう。少し大げさだという感じもしたが、これはこれで可愛らしかった。

再び麻四郎の正面に戻った峰吉は、ぺこりと頭を下げた。

「お客さん、ありがとうございました。お礼に、いつもよりお安くいたします。何でもおっしゃってください。うちは、欲しい物は何でもある店だと評判なんです。ただ散らかりすぎて見つからないだけで」

「あ、ああ……」

麻四郎は改めて皆塵堂の中を眺めた。

足の踏み場もないとはこのことだ、と思った。店の土間には櫛《くし》や簪《かんざし》、根付、刀のつば、煙草《たばこ》入れに煙管《きせる》、その他の細々とした物が転がっている。元は箱に入れて並べられていた様子があるが、それが溢れ出たようだ。

うっかり踏みつけたら怪我《けが》をしそうな物もある。下は危ない。しかし、そちらにばかり気を配ることはできない。なぜなら上も危ないからだ。

壁際に箪笥《たんす》や長持《ながもち》がいくつか置かれており、その上に行李《こうり》などが載せられている。さらにその上に箱が置かれ、そこから包丁の柄らしき物が覗《のぞ》いているのが見える。あれが頭の上に落ちてきたら大変だ。

土間の真ん中の辺りは鍋釜、笊、桶などが無造作に積まれていて、これらも今にも崩れそうな気配がある。とにかくこの店の中は、どこも安心できる場所がない。

――これでは、確かに欲しい物を見つけるのは大変だな。

そもそも探す気にならない、と顔をしかめながら目を峰吉へと戻した。

「すまないが、客ではないんだ。こちらで働き手を求めていると聞いてきたんだよ」

峰吉の顔から、すっ、と笑顔が消えた。大人でもなかなか出せる人はいないだろうと思えるくらい異様に低い声で「なんでぇ、客じゃねえのか」と呟く。それから「ちっ」と舌打ちし、くるりと背を向けて店の中へと入っていった。

「えっ、ええええ……」

麻四郎が呆然《ぼうぜん》としていると、横の方から「どいた、どいたぁ」という声が聞こえてきた。

今度は何だ、と慌ててそちらを見ると、米俵を担いだ男が後ろ向きに歩いてくるのが目に飛び込んできた。

麻四郎は慌てて飛びのいた。男は麻四郎と年寄りの間を通って、やはり後ろ向きのままどんどん進んでいく。麻四郎より少し年下に見える、まだ若い男だった。

「え、ええと……」

「儂はね、木場《きば》の材木問屋、鳴海屋《なるみや》の隠居の清左衛門《せいざえもん》という者だ」

年寄りが名乗った。あの米俵の男のことをまったく気にしていない。目もくれなかった。

「皆塵堂の者ではなくて、ここの家主なんだ。それで何かと世話を焼いているんだ。仕方なくね。店の主は朝っぱらから釣りに出かけてしまって留守だから、儂が代わりに話を聞くよ。お前さん、名は……」

「麻四郎と申します。それより……あの米俵の男はいったい」

「あれか」

清左衛門は後ろ向きで歩き去っていく男の方へ、つまらなそうに目を向けた。

「あれは隣の米屋で働いている、円九郎《えんくろう》という男だ。米俵を持ち上げて肩に担いだ時にふらふらと後ろに下がって、それが止まらずにずっと歩き続けてしまっているだけだよ。気にしなくていい」

「いや、さすがに気になります。助けなくてよろしいのでしょうか」

「前はそのまま隣町まで後ずさりしていったものだが、近頃では曲がる術《すべ》を覚えたらしくてね。近所を一周してちゃんと戻ってくるようになった。だから放っておいていい」

「はあ……」

そう言われても心配なので、麻四郎は円九郎の様子を見守った。するとふらふらとした足取りながら、うまい具合に向きを変えて横道へと入っていった。清左衛門の言う通りのようだ。

「さて、それでは店の奥の座敷《ざしき》で話を聞くとするか。ついてきなさい。足下に気をつけてな」

麻四郎に背を向け、清左衛門は素早く皆塵堂の中へと入っていった。慣れているらしく、足下を碌《ろく》に見ずに進んでいく。

麻四郎は慎重に店の中に足を踏み入れた。まだ来たばかりだというのに、かなり疲れを感じていた。

「……ふうむ、なるほど。ここへ来た事情はだいたい分かった」

麻四郎が一通りの話を終えると、清左衛門は大きく頷いた。

「まともな人間のようだから、本来なら喜んで働いてもらいたいくらいだ。しかし……ううむ、ちょっと悩んでしまうな……」

清左衛門が黙り込んだ。何やら考え事をしているようだ。邪魔をしないように麻四郎も静かに口をつぐみ、そっと周りの様子を見た。

皆塵堂の建物は、通り側から見るとまず店の土間がある。そこを上がると板敷きの間だ。ここは本来なら帳場として使われる場所だが、皆塵堂では壊れた古道具を直すための作業場になっていた。今はあの小僧の峰吉がそこに座っている。

その次の部屋は、隅に布団が畳まれているので、寝間として使っているようだ。その次の、一番奥の座敷に麻四郎と清左衛門はいる。

作業場とその次の部屋は店の土間ほどではないが、それでもかなりの数の古道具が置かれていた。しかしこの座敷だけはなぜか綺麗《きれい》で、余計なものは一切置かれていない。

客間だからきちんと掃除しているのだろうか。だがここへたどり着くには古道具が散らかった場所を歩かねばならないのだから、通される客も迷惑だろうに、と不思議に思いながら麻四郎は座敷の奥にある床の間へと目を向けた。

白茶の、体の大きな猫が丸くなっている。この猫は清左衛門と麻四郎が座敷に足を踏み入れた時に顔を上げてちらりとだけ二人を見たが、すぐに興味なさそうにまた目を閉じてしまった。堂々としているというか、ふてぶてしい猫だな、と麻四郎は感じた。

猫はその後もずっと同じ格好だったが、時々耳だけは動いていたので、眠り込んでいるわけではなさそうだった。麻四郎の話に耳を傾けているような気配があった。

外から皆塵堂を眺めた時に見えた母屋にめり込むようになっていた蔵は、猫がいる床の間の壁の向こう側になるようだ。しかし、そこへはこの座敷からは行けなかった。建物を回り込むようにして蔵まで延びている廊下があるのだが、その出入り口は作業場の隅にあった。

作業場に上がった時に麻四郎はちらりとその廊下を覗いてみたが、そこにも箪笥やら行李やらの道具類が置かれ、かなり狭くなっていた。小柄な峰吉はともかく、大人だと体を横にしてやっと通り抜けられるだけの隙間しかない。それに、その廊下も蔵と母屋をくっつけた時に無理に作ったものらしく、両側が壁に挟まれていてやけに薄暗く、不気味だった。

麻四郎は目を横に向けた。障子戸が開け放たれているので、狭い庭が見える。そこには割れた瀬戸物や壊れた大八車などが放り出されていた。

結局、皆塵堂はこの座敷を除いて、どこもかしこも古道具が転がっている店のようだ。まだ蔵の中は見ていないが、きっとそこにも古道具がごちゃごちゃと入れられているに違いない。

油断して歩いていると怪我をしそうだな、と思っていると、清左衛門が咳払《せきばら》いをした。麻四郎は慌てて目を老人へと戻した。

「すまないがね、麻四郎。お前はここで働かない方がいいと思うんだよ」

「は、はあ。それはどういうわけでございましょうか。私にどこか、悪いところがございましたか」

「いや、ない。だから駄目なんじゃ」

清左衛門の言葉に麻四郎は戸惑った。悪くないのが悪いらしい。

「そ、それは、いったい？」

「例えば……お前は幽霊が見えてしまう人間かね」

突飛な問いにますます困惑しつつ、麻四郎は大きく首を振った。生まれてこの方、幽霊など見たことはない。

「それでは、幽霊が見えると言う者を馬鹿にするかね」

これにも麻四郎は首を振った。

「私自身は幽霊を見たことがありませんが、もしかしたらそういうものもいるかもしれない、くらいには思っています。ですから、幽霊を見たという人がいても馬鹿にすることはありません。ちょっと疑わしく感じて、眉をひそめてしまうことはあるかもしれませんが」

「当然お前は、呪いや祟《たた》りを受けてもいないだろう。話を聞いた限りでは、さほど運の悪い目には遭っていないようだし」

「は、はあ。しかし、ここ最近はちょっと不運かなと思っていますが」

「ずっと働いていた店が傾いて、そこから出ざるを得なくなったことかね。残念ながら、その程度では少々甘い。ここで儂が言っているのはね、例えば……江戸での出稼ぎを終えて久しぶりに故郷に帰ったら、知らないうちに母親が亡くなっており、田畑は売られ、女房は男と逃げて姿を消していた……とか、そういう運の悪さだよ」

「いや、いくらなんでもそれは……」

さすがにそんなのと比べるのは無理がある。

「うむ。確かにこれは運が悪いなんてものじゃない。しかしね、それくらいの者じゃないと、皆塵堂で働くのは厳しいと思うんだよ。これまで皆塵堂には何人もの若者が働きにやってきたが、たいていは二、三日で辞めていった。ある程度長く続いたのは、先ほどから儂が挙げているような、一風変わった点がある者ばかりなんじゃよ」

「はあ……」

幽霊が見えたり、呪いや祟りを受けたり、恐ろしいほど不運だったりする者、ということらしい。つまり、たとえ話ではなく、そんな人が本当にいたということだ。麻四郎は少し驚いた。

「中にはわりとまともな者もいた。しかしそいつは、実は盗人《ぬすっと》の仲間になるために、引き込み役としてここに潜り込んだ男だったんだ。結局は仲間にならず、今では立派に自分の店を持って働いているけどね。さて、麻四郎。そういう者たちと違い、お前は特にどうということもない、ごく当たり前の人間だ。だから悪いことは言わない。

皆塵堂で働くのは……」

やめた方いい、という清左衛門の声に、今日から住み込んでくれても構わないよ、という声が被《かぶ》さった。聞こえてきたのは庭からである。

驚いてそちらへ目を向けると、一人の男が開いた障子戸のところから座敷の中に入ってくるところだった。年は四十手前くらいで、よく日に焼けている。手には釣り竿《つざお》を持っていた。

「これが皆塵堂の主の、伊平次《いへいじ》だよ」

清左衛門が不機嫌そうな声で言った。苦虫を嚙《か》み潰したような表情だった。

「おい伊平次。お前はこの麻四郎を雇うつもりらしいが、儂は反対だよ。このまま帰ってもらうのが麻四郎にとって一番いいんだ」

「せっかく来てくれたのに、それじゃ申しわけないでしょう。試しに数日ほど働いてもらったらいい。もし何か出ていきたくなるようなことが起こったら、その時に改めて考えればいいんじゃないでしょうかね」

伊平次は座敷を横切って隣の部屋へと入った。釣りの道具を置きに行ったのだ。代わりに煙草盆を手にしてすぐに座敷に戻ってきた。

「ただし、何があるのかは麻四郎には内緒です。前もって妙なことを吹き込んだら、そのせいで何かが起こった気がしてしまう、なんてことになりかねませんから。ご隠居も、黙っていてくださいよ」

「伊平次……お前、意地が悪すぎるぞ」

「そうですかねぇ」

伊平次は煙管に葉煙草を詰めて火を点《つ》けた。美味そうに煙を吐き出し、それから初めて麻四郎の方を見た。

「とりあえず十日くらい住み込んでみたらどうだ。それで平気そうだったら続けて働けばいい。もちろん駄目だと思ったら、十日が経ってなくても出ていって結構。それでいいかな」

「は、はい。もちろんでございます。どうぞよろしくお願いします」

麻四郎は丁寧に頭を下げた。

「今住んでいるとかいう汚い裏店は、まだ引き払うことはない。すぐに戻るかもしれないわけだからな。店賃が無駄になるのが嫌かもしれないが、あまり気にしなくていい。その分は鳴海屋のご隠居が払ってくれるさ」

「ありがとうございます」

麻四郎は、今度は清左衛門に向かって頭を下げた。

「おいおい伊平次、何を勝手に決めているんだよ。それにお前、妙に麻四郎について詳しいじゃないか。いったいいつから儂らの話を聞いていたんだ」

「初めからですよ。裏から回って庭に入ったら、ちょうどご隠居たちが話を始めるところだった。それで、障子に影が映らないように気をつけながらこっそり近づき、お二人の話に聞き耳を立てていたんです」

「お前はここの主だろう。堂々と顔を出せばいいのに、どうしてそんな盗み聞きみたいな真似《まね》を……」

「その方が話の内容が頭に入ってくるような気がするものですから。耳を澄まして懸命に聞くわけなので……」

「まったくお前というやつは」

清左衛門は呆《あき》れたような表情で黙り込み、手を伸ばして伊平次の前にある煙草盆を自分の方へと引き寄せた。不機嫌な顔で不味《まず》そうに煙草を吸い始める。

一方の伊平次は、何食わぬ顔で美味そうに煙を吐き出していた。

二人の様子を眺めながら麻四郎は、この店で働き始めることに言い知れぬ不安を覚え始めていた。

三

この店で働いているると、何が起こるというのだろうか。無言で煙草を吸っている伊平次と清左衛門を眺めながら首を傾げていると、「いらっしゃいませ」という妙に可愛らしい声が耳に届いた。

作業場にいた峰吉が上げた声だ。麻四郎は二人から目を離してそちらを見た。その時にはもう峰吉は店の土間を抜けて、通りに出ていくところだった。なんて素早いんだ、と麻四郎は舌を巻いた。

「お客様、もしお探しの物がございましたら遠慮なくおっしゃってください。うちは、欲しい物は何でもあると評判の店なんです。ただ、散らかりすぎて見つからないだけで」

さっき麻四郎に言ったのと同じような口上を峰吉は述べている。決まり文句のようだ。

「いや、買うんじゃなくて、売る方だ。買い取ってほしい品物があるから持ってきたんだよ」

客の声も聞こえてきた。店の土間に山と積まれている古道具の隙間から、その客の姿もちらりと見えた。五十くらいの、貫禄《かんろく》を感じさせる雰囲気の男だった。どこかの大きな商家の旦那といった風情である。

「小僧さんじゃ分からないだろうから、誰か他の人を呼んでくれないかね。できれば店主をお願いしたい」

伊平次がすっと立ち上がって座敷を出ていった。土間までは下りず、作業場の端に立って客へと声をかける。

「旦那さん、どんな品物を持ってきたかは知りませんが、ここでは大した値で引き取れませんよ。店の中を見てもらえれば分かります。うちは安く買い取って安く売る店でして」

「とにかく、持ってきた物を見てくれないか。そうすれば、必ずご主人は心変わりして、高い値で引き取りたいと言い出すに決まっているから」

「ではこちらまで運んできていただけますか」

伊平次は告げると、散らかっている作業場を片付け始めた。転がっている物を適当に端に寄せるだけだったが、それでも案外と広い場所が作られた。

客より先に峰吉が作業場に戻ってきて、伊平次に向かって軽く首を傾げてから作業場に上がり、隅の方に腰を下ろした。なぜか渋い表情だ。

客が入ってきたが、手には何も持っていなかった。品物を運んできたのは、その後ろからついてきた若い男だった。多分、客がやっている店の奉公人だろう。

「私は日本橋《にほんばし》の富沢町《とみざわちょう》で富士見屋《ふじみや》という呉服屋をやっている、弥平《やへい》という者だ。ご主人に見てもらいたいのは、これなんだが」

奉公人が作業場に箱を置いた。蓋を外し、中にある物を慎重な手つきで取り出す。

「ああ、壺《つぼ》ですね」

伊平次がつまらなそうな声で言った。

「色絵の壺だ。描かれているのは花と……鳥もいるのか。花鳥文ですね。食べ物などを入れるのに使うのではなく、床の間などに飾っておくための物だ」

「その通りだよ。すごくいい品だ。とある店の、客を通す座敷に飾られていた物だ。しかしそこの商いがうまくいかなくなってしまってね。どうしてもと頼まれたので私が買い取ってあげたんだよ。大事にしていたんだが、事情があって手放すことになってしまった。私の店の方はうまくいっているけれどね。それで、どうだろうか。いくらで引き取ってくれるかね」

伊平次が腕をすっと上げて、隅にいる峰吉を指差した。弥平に向かって言う。

「うちでは、店の中のことはあの小僧に任せてしまっているのです。ですから、取引の話はあの小僧としていただけませんか。もちろん最後には私が決めますが」

「それは構わんが……しかし平気なのかね、あんな子供に任せて。壺のことなど分からないと思うのだが」

「どうでしょうかね。そのあたりは訊いてみないと。おい峰吉、お前ならこの壺、いくらで買い取る」

峰吉は壺へはちらりとも目を向けず、弥平だけをまっすぐに見て言い放った。

「ただでもいらないね」

この言葉に、弥平は目を丸くした。いや弥平だけでなく、奥の座敷でやり取りを見ていた麻四郎もびっくりして口をあんぐりと開けてしまった。皿などと違って壺のことはよく知らないが、それでも福芳の座敷に飾ってあったので多少は分かる。弥平の言ったようにいい品だと感じていたのだ。

弥平はしばらくの間、啞然《あぜん》とした顔で峰吉を見つめていたが、やがて大きな声で笑い出した。

「ご主人、ほら見なさい。小僧さんにはまだ無理なんだよ。とある店から私はこれを三両で買い取ったんだが、それでも安いと思ったくらいだった。それをただでもいらないとは。商いというものがまだ分かっていないようだ。やはりご主人と話をさせてもらうよ。どうだろう、これを一両で買い取ってくれないかな。それでも、皆塵堂さんは十分に利益を出せるはずだ。これを買いたいと言う人はいくらでも現れるだろうから」

伊平次は左右に首を振った。

「富士見屋さん、残念ですが小僧の言うように決めさせていただきますよ。うちでは買い取れませんので、このままお引き取りください」

「おいおい、冗談はやめてくれ。これは本当にいい壺なんだよ。よく見てくれ。傷一つない綺麗な品だから」

「傷はなくても傷物なんですよ、これは。峰吉はそう考えて『ただでもいらない』と言ったんです」

「いやいや、これは……」

「それにね、そんなにいい壺なら、うちみたいなどうでもいい安物ばかりを扱っている店ではなく、それなりの品を扱っている古道具屋に持っていけばいいではありませんか。もし買ってくれそうな店が残っているのであればね」

「むむっ」

弥平は険しい顔で黙り込んだ。伊平次も口を開かなくなった。峰吉も喋《しゃべ》らない。三人の間で無言のにらみ合いが始まってしまった。

「……あのう、これはどういうことでしょうか」

奥の座敷で三人のやり取りを見ていた麻四郎は、同じ部屋にいる清左衛門に小声で訊ねてみた。

「私には何が起こっているのかよく分かりません。鳴海屋のご隠居様は、お分かりになっているのでしょうか」

「まあ、だいたいのところはね。しかし、どこまで教えていいのやら。前もって妙なことを吹き込んでは駄目だとさっき伊平次に釘《くぎ》を刺されたからな」

清左衛門は首を傾げながら、ううん、と小声で唸り、考えながらゆっくりと喋り始めた。

「あの弥平さんという人は身なりもいいし、貫禄も感じられる。なかなかの商売人だと思うよ。そんな人が、いきなりこんな汚い古道具屋に品物を売りに来たりはしないだろう。きっと他の店にも足を運んでいるに違いない。実はね、古道具の中には、たまに素性のよくない物があるんだよ。どこの古道具屋でも引き取ってもらえないような物がね。恐らくあれはそういう品だ。弥平さんはあちこちの店で買い取りを断られている。そして、そういう物が最後に持ち込まれる店ってのが江戸には二つあるんだ。一つはこの皆塵堂で、もう一つは浅草阿部川町《あさくさあべかわちょう》にある銀杏屋《いちょうや》という店だよ。ここと違って銀杏屋はかなり綺麗な店でね。ああいう壺や、掛け軸なんかもたくさん置いている。だからきっとあの弥平さんは、先に銀杏屋に行っていると思うんだ。そして買い取りを断られたためにうちに来た。つまり、うちで駄目だったらもうあれを持っていく所はないんだよ」

「はあ。何となくは分かりました。しかしその、素性のよくない物というのがまだあまり分かっていません。いったいどんな物なのでしょうか」

「すまんが、それこそが前もって吹き込んではいけない妙なことなんだ。それについては気にしないでくれ。とにかくね、弥平さんは是が非でもあの壺を手放したいが、もう行き場がない。それを峰吉は分かっているから、ああいう強気の商いを仕掛けているんだ。伊平次の方は多分、どうでもいいと思っているに違いないが、面白そうだから峰吉に調子を合わせているのだろうね」

「強気の商い……いや、それはおかしくありませんか。ただでもいらない、と峰吉は言っているわけですから。そもそも商いになっていません」

「その先を峰吉は狙っているんだよ。まあ、見ていてごらん」

麻四郎は作業場へと目を戻した。三人ともまだ黙り込んだままだ。伊平次と峰吉はこちらに背中を向けているので表情は分からないが、弥平は相変わらず険しい顔をしている。

どうなるのかな、と思いながら見守っていると、初めに弥平が口を開いた。

「……持って帰るのが面倒だ。ただでいいから引き取ってくれないかな」

「お客さん、おいらは『ただでもいらない』って言ったんですよ」

峰吉がにべもない様子で答える。

「ご覧の通り、うちの店の中は売り物の古道具で足の踏み場もないほどですからね。たとえただでも、置いていかれたら迷惑だ。もう売り物を並べる場所がないんです」

「こ、この板の間の端に置いておけば」

「ここは作業場です。売り場ではありません」

「それなら、ううむ……」

弥平は必死の形相で店の中を見回した。しばらくするとその目が、店の土間の一角に止まった。壺や甕《かめ》などがいくつか固まって置かれている場所だった。

「あそこに私が持ってきた壺と同じくらいの大きさの甕がある。あれをちゃんと金を出して買おう。そうしたら場所ができるから、そこに私が持ってきた壺を置けばいい」

「あの甕とかが置かれている辺りはごちゃごちゃしすぎて、危ないなぁ、とおいらずっと思っていたんだ。できれば甕を一つだけじゃなく、その周りのもいくつか一緒に買っていってくれるとありがたいんですけどね。どうせ数十文で売っている安物なんだし」

「う、うう……分かった。まとめて買わせてもらう。だから、この壺はただで引き取ってくれよ」

「ありがとうございます」

峰吉が可愛らしい声で言った。そして後ろを向いて、にやり、と笑った。弥平に見せないためにそうしたのだろうが、お蔭でこちら側にいる麻四郎には峰吉の顔がよく見えた。客に見せる愛嬌に溢れた笑みではなく、してやったり、という意地の悪そうな笑顔だった。

麻四郎は、「中身は誰よりも大人なんだ」という、峰吉について清左衛門が評した言葉を思い出した。妙に合点がいった。

四

夜になった。

峰吉と伊平次は寝間に布団を延べて、すでに寝入っている。その部屋にも簞笥とか火鉢などの様々な道具類が置かれているので、三人分の布団を敷くことはできなかった。だから麻四郎は作業場を片付けてやっと布団が広げられるだけの場所を作り、そこで横になっている。

初めての場所で落ちつかないせいか、なかなか眠ることができなかった。何度も寝返りを打ちながら、昼間からずっと気になっていることを考えていた。

それは、古道具の中にたまにあるという、「素性のよくない物」のことだった。いったいそれは、どういう道具のことなのだろうか。

それから、これまでにこの店で働いた者たちのことも気になっている。清左衛門の話では、変わった点がある者は長く続き、そうでない者は二、三日で辞めていったという。いったいなぜ、辞めた者たちはそんなすぐに皆塵堂から出ていったのだろうか。

主の伊平次自身もちょっと変わり者のようではあるが、奉公人に厳しく当たるような人には思えない。それに峰吉も、銭を落とす客以外には口が悪いところが見受けられるが、まだ小僧だからどうということはない。二人が原因で出ていったわけではなかろう。

――もしかしたら「素性のよくない物」と関わりがあるのかな。

だとしたら自分も危ないということになるが……と考えながら麻四郎は頭を少し持ち上げ、店の土間へと目を向けた。かなり暗いが、雨戸を立てているわけではないので障子戸を通してかすかな月明かりが入ってきている。その光のお蔭で、まったくの真っ暗闇というわけではなかった。土間に積まれている古道具の山が、黒い影となって見えている。

この店の中に、間違いなく一つは「素性のよくない物」があると麻四郎は知っている。弥平が置いていったあの壺だ。

麻四郎は、その壺が置かれている辺りへ向けてじっと目を凝らした。初めはよく見えなかったが、しばらくするとぼんやりと壺の形くらいは分かるようになった。当たり前だが、特に変化はなかった。

――あれを眺めていても仕方ないかな。

自分の考えが合っているとは限らないからだ。それよりさっさと寝た方がいい。明日もこの皆塵堂で働くのだ。迷惑をかけないように、早く仕事を覚えなければ。麻四郎は壺から目を離し、仰向けになって目を閉じた。

大きな物音で、麻四郎は目を覚ました。

体を起こして周りをきょろきょろと見回す。まだ夜中だ。作業場も、店の土間も暗い。

耳を澄ましてみる。襖《ふすま》の向こうの、隣の部屋は静かだった。伊平次と峰吉は眠っているようだ。

聞こえてきた物音はまだ耳に残っている。何かが倒れたような音だった。それは多分、店の土間の方で鳴ったと思う。

――もしかすると、あの壺かも……。

ふとそんな気がして、麻四郎はそちらへと目を向けた。

だが壺が倒れているかどうか分からなかった。さっきよりも周りの様子が見えづらい。眠る前よりも暗さが増したようだ。

障子に目を向けると、月明かりが弱くなっていた。月が西に傾くか、あるいは薄い雲が出たかしたのだろう。

もう一度、目を覚ます原因となった物音がどんなものだったか思い起こしてみた。考えれば考えるほど、壺が倒れた音のように思えてきた。

雨戸は立てていないが、障子戸は閉じられているので風で倒れたわけはない。それなら鼠《ねずみ》か。いや、あの壺は鼠ごときでは倒れまい。

――それなら……猫だろうか。

麻四郎は、皆塵堂に一匹、大きな白茶の猫がいたことを思い出した。あの猫なら壺くらい楽に倒せる。

――いずれにしろ、倒れているかどうか確かめた方がいいよな。

すでに自分はここで働いている、店の者なのだ。放っておくわけにはいくまい。

そう思って麻四郎は立ち上がった。しかし土間には下りなかった。作業場の端から、壺のある場所を覗いただけだ。今は倒れているのを確かめるだけで、もしそうだったら明るくなってから直そうと考えていた。まだこの店に慣れていないから、下手に土間に下りたら積まれている桶などにぶつかって崩してしまうかもしれないと思ったのだ。薄気味悪さを感じているせいも少しあった。

布団の場所より近くなったので、うっすらとだが壺を見ることができた。思った通り倒れて床に転がっていた。麻四郎の方に壺の口を向けている。

その口の辺りに何かが動いていた。白くて細い物だ。

——猫……じゃないな。

細い棒のような物で、先がいくつかに分《わか》れている。

手だった。人の手が、壺の口から飛び出しているのだ。

麻四郎は恐怖で身動きが取れなくなった。じっと壺に目を注いだままで立ち尽くす。

手はしばらく蠢《うごめ》いていたが、やがて壺の口の端をつかんだ。次にもう一本の手が出てきて、口の反対側の辺りをつかむ。そして最後に、何やら白くて丸いものが壺の奥からゆっくりと現れてきた。

それは人の頭だった。高さ一尺ほどの壺である。口だって両手で輪を作ったくらいの大きさだ。人が出入りできるわけがない。それなのに、そこから何者かが出てこようとしている。

そのことに気づいた時、ようやく麻四郎は体を動かすことができた。ただし、よたよたと後ろに二、三歩ほど後ずさりができただけだった。そこで自分がそれまで寝ていた布団に足を取られ、すとんと尻餅をついてしまった。

人の頭が壺の口の外へ出てきた。その顔が持ち上がり、麻四郎の方をまっすぐに見た。四十代の半ばくらいの年に見える男だった。

麻四郎の喉から悲鳴がほとばしった。隣の部屋でがたがたと音がして、作業場との間の襖が開かれた。それとほぼ同時に、壺から出てきた男の頭がひゅっと中に引っ込んだ。

「おいおい、夜中にどうした？」

隣の部屋から現れたのは伊平次だった。

麻四郎はうまく喋れず、ただ黙って壺の方を指差した。すると伊平次は「ちょっと待て」と言って再び寝間へと戻っていった。

しばらくすると辺りが明るくなった。伊平次が火を起こして、行灯《あんどん》を点《とも》したのだ。

「さてと、何があったか手短に話してくれ」

再び作業場に現れた伊平次が、眠そうな顔で言った。

「つ、壺から男が出てきました。伊平次さんが起きたらまた壺の中に引っ込んで……」

「それで？」

「終わりです」

「ふうん」

伊平次は土間に下り、壺へと近づいていった。倒れているのを起こして、中を覗き込む。

「当たり前だが、中に男なんていないぜ。空っぽだ」

「し、しかし私は確かに見たのです」

「その話は明日にしよう。眠いから」

伊平次が作業場に上がってきた。そのまま麻四郎の横を通り、寝間へと戻ろうとする。しかし襖に辿《たど》り着《つ》く前に麻四郎がその足にすがりついた。

「ま、待ってください。このままでは怖くて寝られません。私はいったいどうすれば……」

「寝られないのなら朝まで起きていればいいんじゃないか」

「そ、それで、もしあの男がまた出てきたら……」

「それはどうしたらいいか俺には分からん」

「そんな……」

伊平次もこっちの作業場に寝てくれ、いやそれより寝る場所を交換してくれ、などと麻四郎は必死になって頼み込んだ。

「うるさいなぁ」

寝間の方で声がした。峰吉が起きてきたのである。麻四郎はこの小僧にも自分が見たものを訴えた。

「み、峰吉。幽霊だ。あの壺から男の幽霊が出てきたんだよ」

「あ、そう」

峰吉は眠そうに目を擦《こす》りながら土間へと下りた。例の壺に近寄り、中を覗き込む。それから、その近くにあった別の壺を拾い上げた。

何をする気だと思いながら眺めていると、峰吉は二つの壺を寝かせ、口同士を向き合わせてくっつけた。そして壁に引っ掛けてあった荒縄を手に取り、ぐるぐると壺に巻きつけ始めた。

しばらくすると、二つの壺の口同士がくっついた、瓢簞《ひょうたん》のような形の物が出来上がった。

「これでもう平気だよ。壺から何か出ても、隣の壺に入るだけだから」

峰吉は土間から上がると「じゃあおやすみ」と言って再び寝床へと戻っていった。

伊平次も寝間へ入った。作業場に一人残された麻四郎は、「中身は誰よりも大人なんだ」という、峰吉について清左衛門が言った言葉をまた思い出した。昼間は合点がいった気がしたが、今は少し違うのではないかと思い始めていた。「大人」とか「子供」ではなくて、あれは「峰吉」というものなのではないだろうか。

五

「……昨日は詳しく教えなくて申しわけなかった」

翌朝、早々に皆塵堂に顔を出して昨夜のことを聞いた清左衛門が、そう言って麻四郎に頭を下げた。

「素性のよくない物、という言葉で誤魔化したが、つまりは何かが憑《つ》いている物ってことなんだ。この皆塵堂は、一家心中があった家などからでも平気で家財道具を引き取ってくるから、たまにそういう、いわゆる『曰《いわ》く品』と呼ばれるような物が混ざり込んでくるんだよ。ここで働き始めてわずか二、三日で辞めていった者は、そういう古道具に憑いていた幽霊を見て逃げていったんだ」

「ははあ、なるほど」

「どういうわけか伊平次と峰吉は見ないんだ。しかしそれ以外の、ここで働いた者は必ずと言っていいほど見る。ただ、それでも辞めずに残り続ける者もいてね。それが昨日言った、変わった連中というわけだ」

「よく分かりました」

昨日、清左衛門は麻四郎が「ごく当たり前の人間」だから皆塵堂で働くことに難色を示したが、そのことに納得がいった。確かにまともな者には皆塵堂の奉公人は無理だ。

「……それで、やはり麻四郎もここを出ていくかね。もちろんそうしても誰も文句は言わないよ。むしろこんな店はさっさと離れた方がいいかもしれない。決めるのは麻四郎だが、さて、どうするかね」

「そうですね……」

麻四郎は皆塵堂の中を見回した。朝の光の中で見ると、あまり怖さは感じなかった。ただの汚い古道具屋だ。

目を表の方へ向けると、伊平次が店の前を掃いている姿が見えた。横で峰吉が通りに水を打っている。その二人の向こうを仕事場に向かう職人や、天秤棒を担いだ振り売りなどがたまに通っていく。そういう光景を眺めていると、昨夜の騒ぎは何だったのかと思えてくる。

「……今になってみると、昨夜は寝惚《ねぼ》けていただけかもしれない、なんて気もするのです。それにわずか一日で逃げたら、ここを紹介してくれた千石屋さんに申しわけない。ですから、もう少しここでお世話になろうと考えているのです。せめてあと一回、いや二回くらい幽霊に遭うまでは我慢しようかと。そうなったらさすがにこれは本物だとなって、私も逃げ出します」

「うむ、そうか……」

清左衛門は難しい顔で首を傾げた。

「駄目でしょうか」

「いや、そんなことはないよ。こんな店なのに働こうと言ってくれるんだ。感謝しかない。今日は珍しく掃除をしているが、伊平次の奴《やつ》はすぐに釣りに出かけてしまって店を空けるからね。いくらしっかり者だとはいえ、峰吉だけだと心許《こころもと》ないから助かるよ。しかし、本当にそれが麻四郎のためなのかは儂には分からない。それで、ある人にお前を会わせて、そのあたりのことを訊いてみようと思っているんだ。鳴海屋にいる若い者を使いにやっているから、他に急ぎの用事などがなければ、もうすぐここへ来るはずだよ」

「左様でございますか。どんな方なのでしょうか、その人は。祈禱《きとう》師か何かですか」

「うむ、似たようなものかな。昨日ちょっと話に出たが、銀杏屋という道具屋の主だ。まだ若くて、年は麻四郎とそう変わらないのだが、ある種のことに関しては江戸で一番と言っていいほど頼りになる。それは……」

清左衛門が言いかけた時、麻四郎の目の前をすごい勢いで白茶の塊が駆け抜けた。昨日はずっと床の間で丸くなっていた、あの猫である。今日もこれまでは同じように床の間で寝ていた。それが走って店を出ていったのだ。あまりにも素早かったので麻四郎はびっくりした。

「ああ、鮪助《しびすけ》が行ったってことは、太一郎《たいちろう》が来たようだな」

初めて聞く名が二つ出てきた。鮪助というのは猫で、太一郎というのは銀杏屋の主の名であろう。

どんな人がやってくるのだろう、と思いながら表の方を眺めていると、妙にぎくしゃくした動きの若い男が店に入ってきた。年格好から太一郎に違いあるまい。

「鳴海屋のご隠居様、おはようございます。それから新しい奉公人の方、お気の毒様でございます」

挨拶をしながら太一郎が近づいてくる。動きが妙なのは、肩の辺りに猫の鮪助が貼り付いているせいだと分かった。

「うむ、おはよう。相変わらずお前は、猫嫌いのくせに猫に好かれるな」

「お蔭様で大変ですよ。猫を避けながら歩いているせいで、遠回りになってしまうことが多い」

「お前は水も嫌いだからな。流れが見える細い橋などは渡れないだろう」

「無理ですね。そこも遠回りです」

ようやく太一郎が座敷に入ってきて、麻四郎と清左衛門の前に座った。鮪助は太一郎の肩から飛び下り、前に回って今度は膝の上に乗った。

「知らないで見るとただの猫好きじゃな。しかしよく見ると体が強張《こわば》っている」

清左衛門は楽しそうに笑い、それから麻四郎の方へ目を向けた。

「太一郎、こちらが昨日から皆塵堂で働いている、麻四郎だ。堅苦しい挨拶など抜きにして、さっそく聞かせてもらいたい。太一郎はこの麻四郎のことをどう見るかね。ここで働き続けても平気だと思うかね」

太一郎が麻四郎を見た。静かに目を注いでいるだけだが、なぜか麻四郎は落ち着かない気分になった。色々なことを探られている気がする。

しばらくすると、太一郎は清左衛門へ顔を向けてほほ笑んだ。

「もちろんですよ。それどころか、皆塵堂にいなければ駄目です。麻四郎さんは、来るべくしてこの店にやってきたんですよ。それがなぜかは、今はまだ言えません。物事には順番というものがありますのでね。それでですね、麻四郎さん。あなたにとってはあまり嬉しくないことかもしれませんが……」

太一郎は、麻四郎へと顔を戻した。

「な、なんでしょうか」

「昨夜あなたが見たのは本物の幽霊ですよ。この先もまだ見ることになると思いますが、逃げずにここへ留まってください。さて、鳴海屋のご隠居様。来て早々ではございますが、私はもうお暇《いとま》いたします」

「何だね、もう帰るというのかね」

「銀杏屋を継いだばかりですからね。挨拶回りだの何だのと、色々忙しいんですよ。遠回りする分も考えて動かないといけないし」

太一郎と清左衛門の目が同時に鮪助へと注がれた。白茶の猫は太一郎の膝の上に陣取って動こうとしなかった。

「……おい太一郎、まだ言い残していることがあるんじゃないかね」

清左衛門が訝しげに首を傾げた。

「おかしいなぁ。言うべきことは言ったと思うんですけどね。他に何かやり残していることがあるのか」

太一郎も首を捻った。しばらく考え込んでから、「ああっ」と声を上げる。

「昨夜の幽霊だ。あの二つ繋《つな》いだ壺を元に戻さねばいけません。そして幽霊が出てきた方の壺を大事に皆塵堂の蔵に仕舞う。それをしなければならないんだ」

鮪助が太一郎の膝から下りた。大きく伸びをしてから、堂々とした足取りで床の間の方へ歩いていく。

「ああ、良かった。鮪助から、帰っていいという許しが出た」

床の間で丸くなった鮪助を見ながら太一郎が安心したように息をついた。

「それでは私は帰ります。壺のことは麻四郎さん、あなたにお任せしますからやっておいてください。もうあの壺から幽霊は出てこないので平気ですよ。それに、あなたはこれからも幽霊が憑いている古道具に出遭いますが、それもすべて蔵に仕舞ってください。もうそろそろいいだろう、という頃になったらまた私がここに顔を出しますので、それまではよろしくお願いします」

太一郎は立ち上がると、鮪助の方をちらちらと気にしながら土間に下り、素早く店の外へ出ていった。

「……忙しいのに呼び出したりして悪いことをしたな。しかしその太一郎のお蔭で、悩みの種が一つ消えた」

清左衛門がほっとしたような口調で言った。

「麻四郎、何となく分かったと思うが、あの太一郎はね、幽霊が見えてしまう男なんだ。しかもそれだけでなく、その幽霊がどのように死んだかとか、さらにはその幽霊を取り巻く事情とか、そんなことまでも見える。だからね、この手のことに関しては、江戸で最も頼りになる男なんだ。その太一郎が、お前さんは皆塵堂にいなければ駄目だと言ったのだから、間違いなくそうなんだよ」

「は、はあ……」

「おや、半信半疑といった様子だな。まあそれが当たり前の考え方だから仕方ない。麻四郎ならそうなるだろう。しかしね、騙されたと思って、太一郎に言われたことだけはやっておいてくれ。つまり、あの壺のように何かが憑いている古道具に出遭ったらここの蔵に仕舞うことだ。さっそくあの壺からお願いしようか。太一郎がもうあれからは出ないと言ったのだから怖がらなくていいよ」

「は、はい……」

麻四郎は悩んだ。清左衛門はあの太一郎という男のことを信じ切っているようだが、自分は今日初めて会ったばかりだ。どこまで信用していいか分からなかった。

――だが……。

壺から出てきた幽霊のことを太一郎は当たり前のように知っていた。自分と伊平次、峰吉はずっと店にいる。清左衛門老人に昨夜の話をしたのはつい先ほどだ。太一郎に使いが出されたのはその前である。だから太一郎が知っているはずがないのだ。

——本当に色々なものが見える人なのだろうか。

そうなると困ったことになる。太一郎の言うことが真実なら、自分はこれからもまだ幽霊に出遭うことになるからだ。

——ううむ。

寝惚けていただけかもしれないとか、千石屋さんに申しわけないとか、そういう余計なことは考えずに、夜明けとともに逃げ出せば良かったかかな、と麻四郎は後悔した。

足音の主《ぬし》

一

麻四郎は伊平次と二人で、日本橋の村松町《むらまつちょう》に建つ、とある家の前に佇《たたず》んでいた。

古道具の買い取りに来ている。麻四郎が皆塵堂で働き始めて三日ほど経《た》った晩に、作五郎《さくごろう》という三十代半ばくらいの男が店にやってきて、「自分が住んでいる家の中がごちゃごちゃしているので売れる物は売って少し片付けたい。うちまで引き取りに来てくれないか」と告げて帰ったのである。

伊平次によると、この手の仕事を頼まれるのは古道具屋ではさほど珍しいことではないそうだ。ただ、作五郎は二つの点でとても迷惑な客だった。

一つは、家に来るのは雨の日にしてくれ、と言ったことだ。作五郎は手間取りの大工で、仕事が休みになるのがそれくらいしかない、とのことだった。家におかみさんなどはいらっしゃらないのですか、と訊《き》いてみると、つい先日、子供を連れて実家に帰ってしまった、と作五郎は笑った。

仕方がないこととはいえ、困った申し出である。どんなに気をつけて運んでも、買い取った品が濡《ぬ》れたり湿ったりしてしまうからだ。だから伊平次は作五郎が帰った後で、面倒臭いから聞かなかったことにしちまうか、などと言っていた。

ところがその後、大変都合のいい日がやってきた。それが今日だ。夜明け前から雨が降り続き、昼をだいぶ過ぎた頃にやんだのである。

多分、大工仕事は休みになったはずだ。今なら作五郎は家にいる。そう思った麻四郎は、相変わらず面倒臭がって渋っている伊平次を説得し、慌てて皆塵堂を飛び出したのだった。

しかし、ここでもう一つの迷惑を被った。作五郎は、自分が住んでいる町を間違って告げていたのだ。松田町《まつだちょう》だと言ったのである。そこは神田にある町だ。

大工という分かりやすい仕事をしている人だし、隣町との境の辺りにある三軒長屋の真ん中の家、と教えられていたので、町内の誰かに訊《たず》ねれば作五郎の家はすぐに分かるだろうと麻四郎たちは高をくくっていた。だがそれは無理な話だった。その町にいないのだから当然だ。

お蔭《かげ》で半時（一時間）ほど松田町をうろうろする羽目になったが、幸い「十年近く前に作五郎という二十四、五の大工が裏長屋にいた」と言う人が見つかったので助かった。どうやら作五郎は、若い頃に住んでいた町の名を口にしてしまったようだった。

その人は作五郎がその後に引っ越した先まで知っていた。それで二人は村松町へと急いで回ってきたのだ。

「……どこへ行ったのでしょうねぇ」

作五郎の家は橘町《たちばなちょう》との境に近い場所にある、二階建ての三軒長屋の真ん中だった。今度は容易《たやす》く見つけることができた。

だが、ここでまた不運なことが起きた。留守だったのだ。

「酒でも飲みに行っちまったのかなぁ」

隣の家の人によると、やはり作五郎は仕事が休みになり、朝から家にいたらしい。しかし雨がやんでしばらく経った頃に、どこかへ出かけていったそうである。

「そうなると、晩まで帰ってこないでしょうねぇ」

「参ったよなぁ」

麻四郎と伊平次は、同時に空を見上げた。雨をもたらした雲はとうに消え失《う》せ、綺《き》麗《れい》に晴れ上がっている。いつの間にか日は傾きかけ、西の方の空が茜色《あかねいろ》に染まり始めていた。明日はいい天気になりそうだ。

「今日はもう帰った方がいいかもしれんなぁ」

「しかし、次にいつ来られるか分かりませんしねぇ」

「参ったよなぁ」

「参りましたねぇ」

二人で嘆いていると、「いやあ、悪いことしちまったな」と大きな声がした。そちらへ目を向けると、路地の先から作五郎が小走りでやってくる姿が見えた。

「今、皆塵堂さんまで行ってきたんだよ。実はさ、このところずっと、わりと大きめの普請場で働いていたんだけどよ、その仕事がようやく昨日で終わったんだ。それで、次の普請に取り掛かるまで三日ほど体が空いたものだから、皆塵堂さんには明日うちに来てもらおう、と思って、それを告げに行ったんだよ。ところが着いてみたら、お前さんたちが出た後だった」

「ははあ」

行き違いになってしまったようだ。

横を見ると、伊平次が「ほらみろ」という目を麻四郎に向けていた。だから慌てて出てくることはなかったんだ、と訴えているのだろう。麻四郎は首を竦《すく》めた。

「しかもさ、小僧さんに話を聞いて分かったんだが、どうやら俺は間違った場所を教えちまったみたいじゃねぇか。たまにあるんだよ、うっかりして昔住んでいた所を言っちまうことが。松田町と村松町、同じ松の字があるから間違えるのかね。まあとにかく申しわけないことをしたと思って、俺はすぐに松田町へ行ってお前さんたちを探し回った。しかし見つからないから、仕方なく戻ってきたところなんだ。二人とも、よくここが分かったな」

「作五郎さんのことを覚えている方がいらっしゃいましたのでね。教えてもらいました」

伊平次が言うと、作五郎は目を丸くした。

「修業させてもらっていた棟梁《とうりょう》のところを出てすぐに移り住んだ所で、二年くらいしかいなかったんだが、まだ覚えている人がいたのか。嬉《うれ》しいねぇ……。さぁて、こんな所でいつまで話していても仕方がない。ちょっと待っててくれ。今、ここの戸を開けるから」

作五郎が足早に三軒長屋の裏手へと姿を消した。

しばらくすると目の前の表戸に支《か》ってあった心張棒《しんばりぼう》を外す音がした。戸が開き、作五郎が顔を覗《のぞ》かせる。

「さあ、二人ともうちに上がってくれ。ただの汚い家だから遠慮はいらないよ。さすがに履物は脱いでくれないと困るが、足は濯《すす》がなくて構わない」

「はあ、それでは」

伊平次が戸をくぐって中に入った。麻四郎もその後に続き、買い取った古道具を入れるために背負ってきた籠を入り口の土間に置いた。伊平次は本当に遠慮なくそのまま上がったようだが、さすがに少しくらいは足を綺麗にしておかなければ悪いと思った麻四郎は、懐から手拭いを出し、それで足を軽く拭いてから上がった。

あまり掃除がされていないらしく、足の裏に少しざらざらとしたものを感じた。

二

作五郎の家に入った麻四郎は、まず一階を見回した。壁際に箪笥《たんす》があったり、隅に大工仕事のための道具箱が置かれていたりするが、案外とすっきりしている。買い取ってほしい古道具は二階にあるに違いない。

「そこら辺に腰を下ろして、のんびりしていてくれ。今、湯を沸かすから。まずは茶を出さなきゃな」

竈《かまど》などは家の奥の、裏口の方の土間にあるようだ。作五郎はそちらへと向かっていく。

「いやぁ、もう夕方ですからね。急いで仕事に取り掛かりたい。茶は結構ですよ」

伊平次が止めたが、そういうわけにはいかねぇ、と作五郎は手を左右に振った。

「俺のせいで無駄に歩き回らせちまったからな。茶の一杯も振る舞わないと悪い。それにね、引き取ってほしい物も大して数があるわけじゃないんだ。そんなに手間は取らせないよ」

作五郎は裏口の土間に下りた。麻四郎のいる所からは姿が見えなくなったが、火を起こしている気配が伝わってくる。

伊平次が床に腰を下ろしたので麻四郎も隣に座った。しばらくすると、がちゃがちゃと何かを引《ひ》っ掻《か》き回《まわ》しているような音と、「あれ、どこかに汚れてない湯飲みはなかったかな」という作五郎の声が聞こえてきた。

「女房がいればこんなことはやらせるんだけどよ。前にも言ったが、子供を連れて実家に帰っちまっているもんでね」

「おかみさんに逃げられたってわけですかい。余所《よそ》に女でも作りましたか」

伊平次が奥に向かって声をかけた。よくそんなことを平気で訊けるものだ、と麻四郎は少し感心した。自分には無理だ。

「いや、俺にそんな甲斐性《かいしょう》はねぇよ。この家を気味悪がって出て行ったんだ。あいつと一緒になった時に、松田町の裏店《うらだな》じゃ手狭だからってことでこの家に引っ越してきたんだよ。つまり、かれこれ十年近くここに住み続けているんだ。今までずっと平気な顔をして暮らしてきたんだぜ。ところがつい最近になって急に気味が悪いなんて言い出しやがった。一人でこの家にいると、誰もいないはずの二階から足音が聞こえてくるとか何とか……あれ、今度はお茶っ葉が見つからねぇや」

「白湯《さゆ》で結構ですよ。それより、足音のことを詳しく聞かせてくれませんかい」

「詳しくったって、俺は聞いたことがねぇからなぁ……。ええと、俺は仕事に出かけてるし、子供は手習《てならい》に行ってるから、昼間は女房が一人でこの家にいるわけだ。で、今お前さんたちがいる辺りに座って、のんびりと茶とかを啜《すす》っていると、頭の上で何者かが歩いているような音が聞こえることがあるらしいんだよ」

麻四郎は思わず天井を見上げた。むろん今は何の物音もしていない。

「一人きりだから怖いが、だからと言って放っておくことはできない。おっかなびっくり梯子《はしご》段を上がって、女房は確かめに行った。二階にはふた部屋あるんだが、梯子段はこっちの裏口の近くにあるから、足音がしたのは隣の部屋になる。縮み上がりそうになりながら部屋を仕切っている襖《ふすま》に近づき、そっと開けて中を覗くと……おっ、湯が沸いたな。ええと、お盆はどこだ」

またがちゃがちゃと物を引っ掻き回す音が聞こえてきた。

「中を覗いたら、どうだったんですかい」

「誰もいなかったそうだ。笑っちまうだろう。多分ね、うちの女房の気のせいだと思うんだよ。それか、隣の家の人の足音が聞こえてきたかだな。ここは安普請なんだ。大工の俺が言うんだから間違いない。壁が薄いんだよ。しかも棟続きの三軒長屋の真ん中だから、両隣の音が聞こえてくる。だからさ、両方の二階で同時に鳴った足音が、ちょうど頭の上でしたように感じたんじゃないのかな」

「そんなことがありますかねぇ……」

「それか、猫だな」

盆を持った作五郎が奥から現れた。「ただの湯だが」と言いながら、伊平次と麻四郎の前に湯飲みを置く。

「隣に書物問屋のご隠居さんが夫婦で住んでいるんだが、そこで三毛猫を飼っているんだよ。そいつがさ、ちょっと前に子猫を五匹も産んでね。今は静かだけど、朝っぱらは結構うるさく鳴いているのが聞こえてくるんだ。その子猫たちが入り込んだのかもしれない」

「さすがにそれはないでしょう」

伊平次が湯飲みを手に取りながら言った。口に近づけ、ふうふうと二、三回息を吹きかけてから湯を啜る。しかしそれでも熱かったと見えて、顔をしかめながら湯飲みを置いた。

「下にいる者が気になるほどの足音を猫が立てるとは思えない。それに猫がいるのは隣の家でしょう。いくら壁が薄いって言っても、すり抜けられるわけじゃない。それとも、穴でも開いているんですかい」

「いや、穴はないと思うな」

「それなら、猫ではないと思いますよ」

「うん、実は俺もそう思っている。やっぱり女房の気のせいなんだよ」

作五郎も湯飲みを手に取った。勢いよく、ずずっと啜る。それから「熱っ」と言って舌を出した。

「……誰もいないんだから気にするなって何度も言ってやったんだが、それでもうるさく訴えてくるもんでね。とうとう喧嘩《けんか》になって、実家に帰っちまったってわけだ」

「そんなに何回も聞こえたんですかい、二階の足音は」

「そうらしいな。足音のことを言い出したのはひと月くらい前からで、出ていったのは十日ほど前だ。その間に、七、八回はあったんじゃないかな」
二、三日に一回といったあたりか。昼間とはいえ一人でいる時に聞こえるのは怖いだろうな、と思いながら麻四郎は湯飲みを手に取った。熱いのは分かっているから、ゆっくりと口に近づける。
しかし麻四郎は湯を飲まなかった。湯飲みの縁《ふち》が少し汚れていることに気づいたからだ。ここを訪れる客のためにも、おかみさん早く戻ってきてくれないかな、と考えながら湯飲みを置いた。

「実家に帰ったって言っても、すぐ近くなんだ。橘町にある桜屋《さくらや》っていう蕎麦屋《そばや》の娘なんだよ、うちの女房は。大して離れてないから子供も同じ手習所に通い続けているし、女房の知り合いなんかもみんな近所にいる。つまり、あまり不便を感じていないらしい。むしろ繕い物なんかは実家の方がやりやすいみたいでね。だから、出ていった翌晩に様子を見に桜屋に行ったら、『このままずっと帰らなくてもいいかしらね』なんて言われたよ。腹が立つだろう。それで、鏡台やら行李《こうり》の中の着物やら、まだ二階にある女房の持ち物を売り払ってやろうと思って、皆塵堂さんを訪れたってわけだ」

「そ、それはおやめになった方が……」

麻四郎は慌てて言った。しかし作五郎は「平気、平気」と笑った。

「ありもしねぇ音を怖がって出ていった女房が悪いんだ。文句なんか言わせねぇ」

「いや、しかし……」

「鏡台と着物の他に何が売れるかな。二階の部屋の隅にも箪笥があるんだが、あの中は……」

その時、たっ、と小さな音がした。

三人の男の目が一斉に上を向く。明らかに二階でした物音だった。

そのまま黙ってじっとしていると、たっ、たっ、たっ、と少し間を空けて音が三回聞こえた。それぞれの音がした場所は少しだけ離れていた。

「作五郎さん……おかみさんがおっしゃっていたのは、これのことではありませんか」

「あ、ああ。確かに聞こえたな。しかし、何の音だろう」

麻四郎には足音のように聞こえた。ただし、何の足音かは分からなかった。大人が歩くほどの重さは感じない。それに、もちろん猫でもなさそうだ。あえて言うなら小さな子供が歩く足音に近いが、それとも違う気がする。音が甲高《かんだか》いのだ。

それなら何だろうか、と首を捻《ひね》っていると、また頭の上で、たっ、たっ、と音がした。

「とにかく二階に上がってみるか」

作五郎が腰を浮かしかけた。だが立ち上がることはなかった。横から伊平次の手がすっと伸びて作五郎の動きを止めたのだ。

「待ってください。おかみさんが二階を見に行っても誰もいませんでした。その時、どんな感じで行ったんでしょうかね」

「さあ。おっかなびっくりとは聞いているが……」

「さほど大きな音を出してはいないでしょうが、それでも、抜き足差し足というほどではなかったと思うんです。それどころか、襖を開ける前に声をかけていたかもしれない」

確かにその通りだ、と麻四郎は思った。もし他に誰もいないはずの家で人の気配がしたら、自分ならまず「どなたかいらっしゃるんですか」と訊ねてみるだろう。

「二階で動いている何者かは、その気配で姿を消したのだと思います」

「だったら、音を立てないようにそっと梯子段を上がって……」

「そうするにはなるべく身軽で、小柄な者の方がいいと思うんです。この中だと……」

伊平次と作五郎の目が麻四郎に向いた。

「えっ、私ですか」

「作五郎さんは大工をやっているだけあって、がっしりした体つきをしている。俺と麻四郎との間にはさほどの違いはないが、お前の方がいくらかすっきりした体をしているようだ」

「い、いえ、そんなことはないと思いますが……」

顔に肉がついていないので痩せて見えるだけである。

「上にいる者を油断させるために、俺と作五郎さんはここで適当に喋《しゃべ》っているよ。その間にお前は音を立てないようにしながら二階に上がり、そっと襖を開けて中を確かめてくれ」

「は、はい……分かりました」

正直、嫌な役目だと思った。しかし自分は皆塵堂に雇われている身だ。主《あるじ》である伊平次の命に逆らうことはできない。

「そ、それでは……」

麻四郎はゆっくりと立ち上がった。のろのろとした動きで家の裏口の方へと向かう。土間のすぐ脇に梯子段があるのが見えた。

立ったままで行くと音を立てそうなので、踏板にそっと両手をついて四《よ》つん這《ば》いになる。その格好で、一段ずつ静かに梯子段を上がった。

「小便をしたいのに我慢して寝ていると、何度も何度も厠《かわや》へ行く夢を見ますよねぇ」

「ああ、俺もよく見るよ、そんな夢。餓鬼の頃はあまり見なかったんだけどなぁ」

「そりゃあ、本当に出しちまいますからね」

「で、翌朝になって親に『この寝小便たれが』と叱られる」

伊平次たちが話をしているのが聞こえてくる。適当に喋っているとは言っていたが、なぜそんな話を選ぶのか、と不思議に思いながら、麻四郎は慎重に梯子段を上り続けた。

やがて麻四郎は二階に着いた。動きを止めて周りの様子を確かめる。

聞いていた通り、二階にはふた部屋あるようだ。隣の部屋との間を仕切っている襖は閉じられている。

梯子段のある、こちら側の部屋にはあまり物が置かれていない。畳まれた布団と行灯《あんどん》があるだけだ。作五郎が言っていた鏡台とか着物の入った行李などは、襖の向こう側の部屋にあるのだろう。

二階の部屋は板の間だ。手で触ってみると、何となくべたつくような感じがした。今日は昼過ぎまで雨が降っていたから、そのせいで湿り気があるのかもしれない。

麻四郎は裸足《はだし》である。どんなに気をつけて進もうとしても、床から足を離した時にぺたぺたと音が出そうな気がした。

それならいっそのこと、と床に腹這いになった。手を使い、腹で滑るようにして少しずつ隣の部屋へと近づいていく。

襖の手前まで来た。ここで音を立ててしまったら、これまでの苦労が水の泡になる。なるべく余計な動きはしない方がいい。そう思った麻四郎は立ち上がることはせず、腹這いのままで襖へとそっと手を伸ばした。

しかし、その動きは途中で止まった。開いた襖の向こうに足があったらどうしよう、と考えてしまったのだ。つまり、襖のすぐ向こうに何者かがいて自分を待ち構えていたとしたら、ということである。床に寝そべったままでは逃げるのが遅れる。

麻四郎は襖の向こうの気配を探るために耳を澄ました。先ほど下で聞いた、何者かが歩いているような物音は聞こえてこなかった。

足音は止まったのだろうか。それともまだ動いているが、ここからだと聞こえづらいだけなのだろうか。

隣の部屋より一階の方が床板の響きで音が伝わりやすい、ということがあるかもしれない。麻四郎はそう考えて、試しに床に耳をつけてみた。

思った通りだった。一階から聞こえてくる、くぐもったような話し声に重なって、足音のようなものも耳に入ってきた。

ただし、歩いている場所はよく分からなかった。それと妙なことに足音の印象も変わっていた。さっき下で聞いたのは軽くて甲高い音だったが、今はぺたぺたという感じなのだ。

こいつを開けてしまっていいものだろうか。ぴたりと閉じられた襖を睨《にら》みながら麻四郎は悩んだ。

だが、それは無駄な悩みだった。麻四郎が手をかけていないのに、襖がすっと左右に開いたのである。

麻四郎は悲鳴を上げた。

「う、うわあああ」

「……俺だ、俺」

頭の上で声がした。体を捻って見上げると、伊平次がすぐ横に立っていて、隣の部屋をきょろきょろと見回していた。

「ちょうどお前が二階に着いたあたりで音が止まったんだよ。それで、もしかしたら気づかれたのかもしれないと思ってね。念のために作五郎さんにはそのまま一人で喋り続けてもらって、俺だけそっと二階に上がってきたんだ」

ぺたぺたという足音は伊平次のものだったようだ。麻四郎はほっとしながら立ち上がり、隣の部屋へと目を向けた。

三軒長屋の真ん中なので、窓は正面にあるだけで左右は壁だった。その両側の壁際に沿って物が置かれている。片方の側には火鉢や行灯があり、窓に近い方に針や糸などの裁縫道具が入った蓋のない箱が見えた。

家の造りからして、繕い物などの細かい作業はどうしてもこの部屋の窓際でやらざるを得ない。しかしそこで謎の足音がするのだから、おかみさんが出ていきたがるのも分かる。

困ったものだと思いながら、麻四郎はもう片方の側の壁際を見た。作五郎が言っていた鏡台や行李、それから小さめの箪笥があった。

「……誰もいませんね」

「そのようだな」

伊平次が四つん這いになった。横に向けた顔を床につくくらいまで低くして、隣の部屋を眺め始める。

「何をしているのですか」

「積もった埃《ほこり》の上に足跡がついているんじゃないかと思ったんだ。でも、ちょっと分からないな。作五郎さんは掃除なんかしないだろうけど、おかみさんはちゃんとしていたようだ。出ていって十日くらいじゃ、さすがにそこまでの埃は積もらん」

残念だ、と言いながら伊平次は立ち上がった。そのまま隣の部屋に入るのかと思ったが、くるりと踵《きびす》を返して梯子段のそばへ歩いていった。そして下にいる作五郎に声をかけ、それからまた戻ってきた。

伊平次が敷居《しきい》をまたいで隣の部屋に足を踏み入れた。まっすぐに窓の所まで行き、障子を開いて外を覗く。

「窓の向こう側に隠れられるような場所はない。この下は表戸の前だから、もし飛び下りたら俺か作五郎さんが必ず気づく。ここから出たわけではないな」

伊平次は、今度は部屋にある行李に近づいた。蓋を開けて中を覗く。

「着物やら何やらで中身が詰まっているな。そっちの簞笥の引き出しもぴたりと閉まっているし、この部屋の中に誰かが隠れているってことはなさそうだ。見たところ、壁に穴もなさそうだし……。念のため箪笥も裏側も調べるか。麻四郎、ちょっとそっち側を持ってくれ」

「は、はい」

麻四郎も部屋に入った。伊平次と一緒に、裏側が覗けるくらいまで箪笥を動かす。

「どうだい、何かいたかい？」

作五郎が二階に上がってきて、二人に訊ねた。

「何もいませんよ」

箪笥の裏側の壁を調べ終えた伊平次が返事をした。

「子猫や鼠《ねずみ》なんかが入り込めそうな穴も見当たりません」

「それならやはり、隣の家の音が響いて聞こえてきたんだろうよ。まあ、ただの物音だ。大の男がそんなものをいつまでも気にしているわけにはいくまい。その話はこれで終わりにしよう。それより、早くお前さんたちの仕事を片付けないと日が暮れちまうぜ。引き取ってほしいのはその行李の中の女房の着物と、鏡台だ。それから他には……」

「ああ、ちょっと待ってください、作五郎さん」

伊平次が作五郎の言葉を止めた。

「俺は作五郎さんほど男らしくはありませんのでね。どうしても足音のことが気になってしまう。だから一つお願いがあるのですが……古道具を引き取るのは明日か、あるいはその後にしていただけませんか。今日はちょっと試してみたいことがあるんですよ」

「別に構わんが……いったい何をする気だい」

「足跡がつくような物を撒《ま》いたらどうかと思うんですよ」

伊平次は目を下に向け、床を見渡した。

「足音がした後で見に来ればいいんです。もし跡が残っていれば、この部屋に何かがいたのだと分かる。残ってなければ、作五郎さんの言うように隣の家の音だ。ですからね、何か細かい物……塩を床に撒いてみたらどうでしょうか」

「それなら、いらない古道具を引き取ってもらって、いくらか片付けてから撒いた方がいいんじゃないのかい」

「部屋の物は動かさず、そのままにしといた方がいいと思いますよ。様子が変わると出てこなくなるかもしれない」

「言われてみるとそうかもな……ううむ、塩を撒くのか。まあ物は試しだ。やってみるか」

二人の話を聞いていた麻四郎は、そこで思わず「ま、待ってください」と声を出した。足跡を確かめるためとなると、軽くぱっぱっと振る程度では済むまい。少なくとも床がうっすらと白く見えるくらいになるまで撒かないと駄目だ。さほど広くない部屋とはいえ、相当な量の塩を使うことになると思う。

ずっと料理人をしていたし、ついこの間まで塩売りの行商をして歩いていたからよく分かるが、江戸では塩はわりと安く手に入る。しかし、だからと言ってさすがにそれはもったいないと感じた。塩は料理に欠かせない大事な物だ。それをそんな風に使うのは料理人として認めがたい。

「……塩じゃなくて、他の物でも構わないのではありませんか。例えば……砂とか。表をちょっと掃くだけで十分に集められるでしょう」

「そこら辺に落ちている砂を部屋に撒きたくはないな。猫の糞尿《ふんにょう》が混じっているかもしれん。それに今日は雨上がりで湿っているし」

「それなら……大鋸屑《おがくず》なんてどうでしょう。作五郎さんは大工だから、普請場で拾ってくることができるのではありませんか」

「そんな物なら今も裏口の土間に置いてあるよ。火を起こす時に便利なんでね。普請場から袋に詰めて持ってくるんだ。大鋸屑とか、鉋屑《かんなくず》とか」

「なるべく細かい方がよさそうだから、撒くなら大鋸屑の方でしょうね」

麻四郎は伊平次の顔を見た。それでも構わないよ、という風に頷《うなず》いたので麻四郎はほっとした。よかった、塩は守られた。

「それでは下から大鋸屑を持って参ります。ああ、お二人はここにいらしてください。それくらいは私が一人でいたしますから」

一緒に取りに行こうとする伊平次と作五郎を押しとどめ、麻四郎は部屋を出た。梯子段を使って一階へと向かう。

決して急いだつもりはなかった。多分、途中で大鋸屑の入った袋の場所を確かめるために裏口の方を見たのがいけなかったのだろう。麻四郎はあと四、五段といった辺りで梯子段を踏み外し、大きな音を立てながら一気に下へと転がり落ちてしまった。

「おい、怪我《けが》はないか」

頭の上で声がした。尻をさすりながら見上げると、梯子段の上から伊平次と作五郎がこちらを覗いていた。

「慌てなくても大鋸屑は逃げないぜ」

伊平次の言葉に、「おっしゃる通りです」と麻四郎は首を竦めた。

三

「……今から私が作五郎さんの家まで行き、様子を見てこいとおっしゃるのでございますね。たった一人で」

麻四郎は戸惑いながら、念を押すように伊平次に訊ねた。

作五郎の家の二階に大鋸屑を撒いた、その翌日の皆塵堂である。この日、伊平次は朝早くから釣りに出かけ、昼前になってようやく戻ってきた。そして腹ごしらえを済ませた後は自分が寝間に使っている部屋でごろごろしたり、釣竿《つりざお》などを磨いたりしていた。だからもう、昼の八つ時（二時）になっている。

「今日は朝から釣り続けたが、どうも釣果が芳しくなかったんでね。悔しいから、俺はまた釣りに行ってくる」

「しかし、私はまだ皆塵堂に来てからさほど日が経っておりません。一人だけで行くというのは……」

「そのわずかな間に俺の三年分くらい働いているから心配いらないよ」

「は、はあ……」

確かに伊平次は、店のことはほとんど小僧の峰吉に任せ、釣りにばかり行っている。

麻四郎は、伊平次がまともに働いている姿を二回しか見ていない。一度目は麻四郎が皆塵堂にやってきた初日に、弥平という男が壺《つぼ》を持ってきた時だ。一応、伊平次は店主として弥平の前に座っていた。そして二度目が、作五郎の家を訪れた昨日である。そんな風だから、俺の三年分くらい働いている、という伊平次の言葉は、大げさではあるが冗談だと笑い飛ばすことができない。

「もし麻四郎が困るとしたら、作五郎さんに『どうしても今日中に鏡台とか着物とかを引き取っていってくれ』と頼まれた時だな。さすがにまだ古道具の買い取りの値段などは分からないだろう。だから、その時は『代金は明日店主が持ってくるようになるが、それでも構わないか』と訊いてくれ。それでいいと言われたら、そのまま持ってくればいい。あまり大きな鏡台じゃなかったから一人でも運べるはずだ。それくらいできるだろう」

「は、はい。もちろん、それだけなら私一人で十分でございます。ですが……もし大鋸屑の上に足跡が残っていたら、その場合はどうすればよろしいのでしょうか」

「昨日の今日でもう足跡がつくかねぇ……。おかみさんが足音を聞いたのは二日か三日に一度くらいだったろう。それなら、今日は何もないんじゃないかな。大鋸屑を撒くことを提案した手前、一応は顔を出さなきゃ悪いから行ってもらうだけだ。その心配はあまりしなくていいと思うぞ」

いやいや、と麻四郎は首を振った。作五郎のおかみさんだって、ずっと家に閉じこもりっきりだったというわけではあるまい。買い物に出たり、洗濯をしに井戸端へ行ったりと、表に出ている時だって結構あったはずだ。だから、おかみさんが気づかなかっただけで、足音そのものは毎日していたかもしれないではないか。

「まあ、もし足跡が残っていたら、その始末は任せるよ。跡を辿《たど》っていって、穴か何かが見つかればそこを塞げばいい」

麻四郎はまた首を振った。猫や鼠ならそれでいい。だが……。

「伊平次さんと作五郎さんが口にしなかったので、私も昨日はそのことに触れませんでしたが……あの足音の正体は、その……もしかしたら……」

幽霊なのでは、と麻四郎は言おうとした。だがその言葉が口から出る前に、「こんちはぁ」という大声が皆塵堂に響き渡った。

店の土間に積まれている笊《ざる》や桶《おけ》といった道具類の山がその声で崩れるのではないか、と思ってしまうほどの大音声《だいおんじょう》だった。麻四郎は肝を潰しながら店先へと目を向けた。

一人の大男が皆塵堂の出入り口に立っていた。明るい表を背にしているのでその表情はよく見えないし、もちろん頭に角が生えているわけでもなかったが、なぜか麻四郎は「鬼だ、鬼が来た」と思った。

その鬼が店の中に入ってきた。麻四郎は後ずさりをしながら、助けを求めるような目で周りをきょろきょろと見回した。

不思議なことに、伊平次はおろか、作業場の隅に座って古道具の修繕をしている峰吉も、まったく動じている様子がなかった。それどころか奥の座敷《ざしき》の床の間で丸くなっていた猫の鮪助までが、そのままの姿勢で目を閉じたままだった。

「お前さんが新しく皆塵堂に来た人か」

すぐ後ろで声がしたので慌てて目を戻す。大男は、もう作業場へと上がろうとしているところだった。

近くなったのでその風貌がよく見えるようになった。ものすごく厳《いか》つい顔をした男だった。やはり鬼だ、と思いながら麻四郎はまた二、三歩後ろへ下がった。

「俺は棒手振《ぼてふ》りの魚屋をやっている巳之助《みのすけ》ってぇ者だ。お前さんは確か……あれ、太一郎から名前を訊くのを忘れちまったな。お前さん、名は何て言うんだい」

「わ、私は、麻四郎と申す者で……」

「そうか、朝は四郎さんか。それなら昼は五郎さんで、夜は六郎さんかな」

「は、はあ……」

どう返事をしていいか分からず困っていると、伊平次が「おい、こら巳之助」と口を挟んだ。

「お前の冗談があまりにもつまらないから、鮪助が呆《あき》れて外へ出ていくぞ」

「うわぁ、ま、待ってくれよ、鮪助。俺が悪かった。謝るから」

麻四郎の横をすり抜け、巳之助が奥の座敷へと入っていく。開いた障子戸から庭へと出ていく鮪助の姿がその先に見えた。

「頼む、鮪助。戻ってきてくれ。俺を捨てないでくれぇ」

巳之助が座り込みながら庭に向かって手を伸ばした。しかし鮪助は振り返りもせず、板塀の下の隙間を通ってどこかへ行ってしまった。

「……あの巳之助はね、この間うちに来た銀杏屋の太一郎と同じ長屋に住んでいるんだよ。銀杏屋は表店で、巳之助がいるのは裏店だが」

横合いから伊平次が説明する。

「太一郎と巳之助は、同い年の幼馴染《おさななじみ》なんだ」

「はあ、左様で……えっ」

麻四郎は少し驚いた。太一郎と同い年ということは、自分ともあまり年が変わらない。もっと年上かと思った。

「太一郎と違って、巳之助は猫好きでね。いや、そんな言い方じゃ甘いな。猫馬鹿だ、あいつは」

さすがにその言い方は酷《ひど》いのでは、と思いながら、麻四郎は打ちひしがれている様子の大男の背中を見つめた。巳之助は「今日は久しぶりに鮪助と遊ぼうと思ったのに……」と寂しそうに呟《つぶや》いていた。

「まあ、さして害のない男だから、怖がらずに付き合ってやってくれ。顔さえ見なければ平気だから」

伊平次はそう言って笑うと、今度は巳之助へ声をかけた。

「おい巳之助。鮪助と遊べなくなって暇になっただろう。ちょっと頼まれてくれないか」

「お断りしますよ」

のろのろと振り返りながら巳之助は言った。

「伊平次さんのことだから、どうせ碌《ろく》な頼み事じゃないに決まってるんだ」

「別に大したことじゃないよ。日本橋の村松町まで古道具を引き取りに行くことになっているんだが、俺は用事があって、この麻四郎が一人で行かねばならなくなったんだ。でもこいつはまだ皆塵堂に来て間もないだろう。不安みたいだから、巳之助に一緒に行ってもらいたいんだよ」

「本当にそれだけならお安い御用だが、伊平次さんのことだから、どうも裏があるような気がするんだよな。例えば引き取るのがとんでもない曰《いわ》く品《ひん》で、おっかない幽霊が憑《つ》いてるとか。あるいはその古道具がある家そのものが人死にの出た幽霊屋敷だとか」

「そんなことはないよ。とある人が、おかみさんに逃げられてね。それで、そのおかみさんが使っていた鏡台とか着物とかを売りたいって言ってきたんだ。もちろん今もそのおかみさんは生きている。だから曰く品なんかじゃない。それに、そこはごく当たり前の三軒長屋の真ん中の家だ。幽霊が出るなんて話は聞いたことがないよ。なあ麻四郎、そうだよな」

伊平次が麻四郎の方を見ながら軽く目配せをした。

巳之助を騙《だま》すことになるのでは、と麻四郎は思い、頷くのを躊躇《ためら》った。だがよくよく考えてみると、伊平次は一言も嘘《うそ》をついていなかった。作五郎のおかみさんは生きているし、その家に幽霊が出る、なんてことも、まだ今のところは誰も口に出していない。

「は、はい。その通りでございます」

巳之助に悪い、と思いつつも、一人で作五郎の家に行くよりは心強いから、麻四郎は精一杯の笑顔を作って頷いた。

騙されてくれるだろうと思ったが、巳之助は「怪しいなぁ」と首を傾《かし》げながら麻四郎の顔を見た。どうやら麻四郎の一瞬の躊躇いを感じ取ったようだ。鈍いように見えて意外と鋭い。

「あのね、麻四郎さん。俺はこれまで何度も伊平次さんの頼みを聞いて、そのたびに酷い目に遭ってるんだよ。いや、そのたびにってのはさすがに言いすぎかな。五回のうちの四回くらいかもしれない。まあ、とにかくこの人の頼みは聞かないのが吉なんだ。というわけで伊平次さん、麻四郎さんの顔は拝んだし、鮪助はどこかに行っちまったし、もうやることがなくなったから俺はこれで帰りますぜ」

巳之助はそそくさと立ち上がった。「ごめんなすって」と言いながら、手刀を切るような格好をして麻四郎と伊平次の間をすり抜ける。そして素早く土間へ下り、足早に店の出入り口へと向かっていった。

その背中に、伊平次から声がかかった。

「ああそうそう、言い忘れていたことがあった。行ってもらいたいのは三軒長屋の真ん中の家なんだが、その隣が猫を飼っているらしいんだよ。三毛猫で、そいつが近頃、子猫を五匹も産んだらしい」

巳之助の足がぴたりと止まった。ゆっくりと振り返る。

「……村松町にある三軒長屋の端の家で、三毛猫を飼っているとなると、書物問屋のご隠居さんの所かな。橘町との境の辺りにある、横丁の奥だ」

「おっ、さすがは巳之助だ。知っているのか」

「野良猫までは無理ですけどね。この江戸でちゃんと飼われている猫なら、たいていは分かります。ほとんどの飼い主とも顔見知りだ」

麻四郎は舌を巻いた。確かにこの人は猫馬鹿だ。他に言い表しようがない。

「だが、その三毛猫が子猫を産んだことは知らなかった。最近あの辺りは行ってなかったからな。これは不覚を取った。伊平次さん、礼を言いますぜ。いいことを教えてくださった。それでは麻四郎さん、行くとしましょうか」

「は？　どちらへ」

「わざわざ訊くまでもない。その三軒長屋へ行くに決まっている。可愛《かわい》い子猫たちの顔を眺めにね。そのついでに皆塵堂の仕事も片付けちまいましょう」

それじゃお先に、と言って巳之助は勢いよく皆塵堂を飛び出していった。麻四郎は呆然《ぼうぜん》と見送ったが、伊平次の「ほら、早く行けよ」という声で我に返った。

慌てて立ち上がり、籠を背負って土間へ下りた。そして「いってらっしゃい、気をつけてね」という峰吉の声を背中で聞きながら、急いで巳之助を追いかけた。


巳之助がいつまでも飽きずに子猫を眺めているせいで、書物問屋の隠居の家に長居してしまった。そのためにようやく作五郎の家の戸口に立った時には夕方になってしまっていた。

「おや、昨日と違う人だな」

巳之助を見た作五郎が目を丸くした。大工である作五郎もかなりがっしりしているが、巳之助はそれ以上の化け物じみた体をしているので、ちょっと驚いたようだ。

「はい、申しわけありません。店主は今日、別に用がありまして。ですから、もし今日のうちに古道具を引き取ってほしいとなっても、その代金を支払うのは明日になってしまいます」

麻四郎は丁寧に頭を下げた。

「それでも構わないよ。そんなことより例のあれだ。実はね、ついさっきまで二階で音がしていたんだよ」

作五郎が天井を見上げながら言った。

「えっ、本当でございますか。それで……大鋸屑に足跡は？」

「まだ見ていないんだよ。二階へ行くかどうか迷っていたら、お前さんたちがやってきたんだ」

「なるほど」

麻四郎も天井を見上げた。先ほどまで自分と巳之助は隣の家の一階にいて、子猫たちの様子を眺めていた。親猫も一緒にいたので、作五郎が聞いた音は猫ではない。

「それは当然、見に行くべきだと思います」

「ああ、俺もそう思う。そのために大鋸屑を撒いたのだからな」

麻四郎と作五郎は顔を見合わせながら頷き合った。ところが、どちらも足を動かさなかった。譲り合いである。作五郎からは、先に麻四郎を行かせようとしている節がありありと感じられる。しかし麻四郎も怖いので、一番にあの部屋を覗きたくなかった。

笑顔で睨み合っていると、巳之助が「おいおいなんだよそれは」と言いながら、ずかずかと家の中へ上がっていった。

「足跡とか大鋸屑とか、そんなこと俺は一言も聞いてねぇぞ。やっぱりこの家には何かあるんじゃねぇか」

巳之助はきょろきょろと家の中を見回しながら進み、奥の梯子段の前まで行った。下から二階を見上げながら、再び口を開く。

「ああ、やだやだ。俺は幽霊とか、その類《たぐい》のことは苦手なんだよ。前もって知っていれば、決してこんな所には……まぁ来たけどよ。子猫を眺めに」

ぐちぐちと言いながら巳之助は梯子段に足をかけた。ぎっ、ぎっ、と踏板を軋《きし》ませながら二階へと上がり始める。

皆塵堂での話から察するに、どうやら巳之助は今回のようなことをこれまで何度も伊平次から頼まれているようだ。だから苦手とは言いつつも、麻四郎たちと比べると多少の「慣れ」があるに違いない。

いや、もしかしたらそれは「諦め」かもしれない。いずれにしろ巳之助が先頭で行ってくれて助かった、と思いながら麻四郎も梯子段に近づいた。

巳之助が二階に上がりきるのを待ってから、梯子段をゆっくりと上がり始めた。すぐ後ろから作五郎がついてくる。

二階に着くと、手前の部屋の真ん中に巳之助が立ち、床をきょろきょろと見回していた。

「誰もいないし、大鋸屑も撒かれていないぜ」

「ああ、それはあちらの部屋の方です」

麻四郎は閉じてある襖を指差した。

「そうじゃねぇかと思ったぜ。こういう、襖とか障子戸とかを開ける時が怖いんだよな」

巳之助は顔をしかめながら襖の前まで行った。固く握り締めた右手の拳を頭の上に振り上げながら、左手をそっと襖の引手に伸ばす。何か出てきたら殴るつもりなのだろう、と思いながら、麻四郎も身構えた。

襖が開けられた。巳之助が「出てこい、こらぁ」と言いながら奥の部屋の中を覗き込む。しかしすぐに上がっていた拳が下がった。

「何もいねぇな。一目瞭然だ」

「左様でございますか。ああ、部屋に入るのは待ってください。足跡を確かめねば」

ほっとしながら麻四郎は巳之助に近づいた。後ろにいる作五郎にも見えるようにと、まずは襖を一杯に開く。それから恐る恐る床へと目を落とした。

「足跡……なんでしょうか、これは」

薄く敷き詰められた大鋸屑の上に、点々と跡がついている。しかしそれは、足跡といえるほどはっきりした形ではなかった。妙だと思った麻四郎は、試しに部屋の隅の大鋸屑の上に足を乗せてみた。

すぐにその足を持ち上げる。大鋸屑がたくさん足の裏につき、床に綺麗な足形が残った。

「人が歩いたのなら、もっとしっかりとした足跡が残りそうなものです。それに、この床の跡は大きさも……」

中途半端だ。大人の足ではない。しかし猫よりは大きい。

あえて言うなら子供が下駄《げた》か何かを履いて歩いた跡のように見えるが……と考えながら、麻四郎は点々とついている跡を目で追った。

昨日、裏側の壁を確かめるために伊平次と一緒に動かした箪笥のそばで、その跡は消えていた。麻四郎は、今度はそこから反対に跡を追ってみた。部屋をくるりと回って、やはり箪笥の近くで跡が見えなくなっている。

つまりこの跡をつけたものは箪笥の辺りから現れて、再びそこへ戻ったということになる。

「昨日は引き出しの中までは見ませんでしたが……」

振り返って、作五郎に訊ねてみた。どうやらこの男も跡が出ている場所に気づいたと見えて、箪笥の方へ目を向けて顔を強張《こわば》らせていた。

「……あそこには何が入っているんですか」

「な、何だったかな。頭がうまく働かなくて、思い出せねぇ」

「ううん……」

実際に開けてみればいいことだ。しかし、それはかなり怖い。

「巳之助さん……」

「な、なんでぇ。やっぱりそれも俺にやらせるのか」

「い、いえ。さすがにそこまで押し付けるのは申しわけない。ですから……二人で一緒に開けましょう」

「男同士が仲良く並んで、引手金具を片方ずつ持って引き出しを開けるのか。それもまた気味の悪い話だが、まあ仕方がない」

巳之助が首を振りながら奥の部屋の中に足を踏み入れた。麻四郎も後に続き、足の裏にべたべたとつく大鋸屑に顔をしかめながら箪笥へと近づいていく。作五郎は残っているのかと思ったが、やはり同じように部屋に入ってきて、二人とは少し離れた所に立った。

簞笥はさほど大きな物ではない。高さ四尺、幅は三尺といった辺りだ。一番上は引き違いの戸になっていて、その下に引き出しが五つある。

麻四郎と巳之助は、上から順番に恐る恐る開けて中を覗いた。

特に怪しい物が見当たらないまま、上から四つ目の引き出しまで見終わった。あとは一番下の段を残すのみだ。

膝立ちになった麻四郎は、開ける前に巳之助と顔を見合わせて頷き合った。それから二人で、一気に引手金具を引っ張った。

「うわぁ」

三人の男の悲鳴が家の中に響き渡った。三尺の幅の引き出しにぴったりと収まるような形で、子供が仰向けに寝ていたのである。

女の子だった。目を開けて、うっすらとほほ笑んでいる。

麻四郎はすとんと尻餅をついた。腰を抜かしたのだ。そのまま尻を擦るようにして、半間ほど後ろへ下がった。

巳之助はそこまでひどくなかったが、それでも簞笥の前に座り込んでしまっていた。

「し、し、し……死んでいるのか」

後ろから作五郎の声が聞こえてきた。声が震えている。ちらりと振り返って様子を見ると、作五郎は反対側の壁際に置いてあった火鉢に抱きついていた。

「生きているように見えるが、それにしては動かないし……いや、待てよ。これは……」

巳之助が引き出しに少し顔を近づけた。

「……人形か？」

その言葉で、麻四郎も体を起こした。そっと簞笥に近づく。

「ああ、確かに人形だ。だけど、言われなければ分からないくらい本物の子供にそっくりです。これは凄《すご》いな」

とにかく死体じゃなくてよかった、と呟いて、麻四郎は、ふうっ、と安堵《あんど》の息を吐いた。

「おいおい、安心している場合じゃねぇよ。そうなるとこの床の跡はどうなるんだ。人形が歩き回っていたということになるんだぞ」

相変わらず火鉢に抱きついたままで、作五郎が怒鳴った。

「そ、そうだった」

麻四郎はまた尻餅をつき、後ろへずるずると下がった。

「み、巳之助さんはどうお考えですか」

「引き出しが閉まっていたのが納得いかねぇ。人形は中にいるんだぜ。どうやって開け閉めするんだ。まさかひとりでに開いたり、閉じたりするのか」

「そ、そうなんじゃありませんか」

「うわっ、怖すぎる……」

巳之助は体をぶるぶると震わせた。

「引き出しが勝手に動くのか。嫌だなぁ……」

「……あの、巳之助さん。怖がる点がずれている気がするんですが。人形が歩き回ったかもしれないんですよ。そっちの方がよほど怖いでしょう」

「もちろんそれも怖い。だけど皆塵堂に出入りしていると、人形が動くこと自体は不思議じゃなくなるんだよ。似たようなことが前にもあったんでね。しかし、引き出しが勝手に動くのは初めてだ。怖いなぁ。なんか、漏らしそうだぜ」

「は、はあ……」

巳之助はそう言いながら引き出しをゆっくりと閉じた。

頼りになるんだかならないんだか、よく分からない男である。

とりあえず引き出しは閉じられたし、巳之助が自分よりも箪笥の近くにいる。危ない目に遭うことはなさそうだ、と麻四郎はまた安堵の息をついた。それから、さてこれからどうしようかと考えながら、作五郎へと目を向けた。

作五郎はいつの間にか隣の部屋に移っていた。がたがたと震えている。

「……た、頼む。他の古道具は後でいいから、とにかくその人形だけは今日のうちに持っていってくれ。お代もいらねぇ。お、俺は、幽霊とかそういうのは駄目なんだよ。話を聞くだけでも嫌なんだ」

「そうみたいですね」

だからこそ、二階の足音を訴えるおかみさんにことさら冷たく当たってしまったのだろう。それで喧嘩になり、おかみさんに逃げられてしまった。

悪い人じゃないんだろうけど……と思いながら麻四郎は箪笥へと目を戻した。人形を引き取るべきか、それとも断るべきか悩む。しばらくして心を決め、巳之助へと顔を向けた。

「巳之助さん、申しわけありませんが……」

「仕方ねぇ。乗りかかった船だから、最後まで付き合うよ。どこかから縄を見つけてきてくれ」

巳之助はそう言うと、人形が入っている一番下の引き出しと、その一つ上の段の引き出しを同時に引っ張り出した。

四

「……あんな人形は、引き取りを断ってもよかったんじゃないのかね」

清左衛門老人が呆れたような口調で麻四郎に言った。

皆塵堂の奥の座敷である。あの後、巳之助は二つの引き出しを縄でぐるぐると縛って、下の段にいる人形が見えないようにした。それから麻四郎と二人で両側を持ち、この皆塵堂まで運んできたのである。

釣りに出かけた伊平次もその時には戻ってきていて、清左衛門と話をしていた。巳之助は老人に人形を見せてびっくりさせ、伊平次に文句を吐いてから自分の長屋へと帰っていった。

そして今、その人形は作業場にいる峰吉の手によって詳しく調べられている。もちろん作五郎の家で起こった顚末《てんまつ》は伝えてあるが、まったく気にしている様子は見られなかった。大した小僧である。

「はあ、私も少し迷ったのですが、古道具屋の仕事で行っているわけでございますから、断るのはどうかと思いまして……。作五郎さんも困っているみたいでしたし」

「まったくお前は真面目な男だな。もう少し力を抜いて、気楽に勤めた方がいいよ。もっとも、それで伊平次のようになってしまっては困るが」

清左衛門は座敷の隅にいる伊平次を睨みつけた。しかし伊平次は、どこ吹く風といった顔であらぬ方を向き、煙草《たばこ》を吹かしていた。

ふん、と鼻を鳴らしてから清左衛門は伊平次から目を離し、今度は作業場の方を見た。

「……峰吉はね、幽霊とか狐《こ》狸妖怪の類をまったく信じていない、というわけではないんだ。ここにいれば妙なものが憑いた古道具がいくらでも入ってくるし、太一郎のような男も出入りしているからね。ただ峰吉は、そういうものを『どうでもいい』と考えているんだよ。頭の中にあるのは、店にある古道具をどう売りさばくか、ということだけだ。だからもし峰吉の前に商人風の幽霊が現れたら、あいつは古道具を売りつけようとするだろうね。そしてもし金を持ってなさそうな幽霊が出てきたら、舌打ちして鼻であしらうに違いない」

「そんな感じでございますね」

麻四郎は清左衛門の言葉に深く頷いた。

「伊平次も伊平次だが、峰吉にも困ったものだよ。幽霊が憑いている曰く品でも平気で客に売りつけようとするからね。麻四郎、すまんがあの人形は、後でちゃんと奥の蔵に仕舞っておいてくれ。太一郎に、そうするように言われていたからな」

「は、はい……分かりました」

正直、あの人形には触りたくなかったが、麻四郎は渋々頷いた。ここへ持ってきた時のように、見えないようにして運んでいこう。

「それにしても、よく峰吉は平気であんな人形が触れるな。感心するよ。とても儂《わし》には無理だ。頼まれたって触りたくない」

清左衛門がそう言うのとほぼ同時に、峰吉が「あれ?」と声を出した。

「ずっと張り子で作られた人形だと思っていたけど、そうじゃなかった。張り子にしては重いと思ったんだ」

張り子というのは、紙を型に貼り重ねていき、糊《のり》が乾いてからその型を抜いて作られた人形である。

「これ、紙じゃなくて木で作られているみたいだ。なんの木を彫ったんだろう」

「なに?」

清左衛門がすっと立ち上がり、作業場へと向かっていった。たった今「頼まれたって触りたくない」と言ったくせに、自分から人形へ手を伸ばしている。

「うむ、これは桐《きり》だな。すばらしい技だ。桐を彫って形を作った後で、白粉《おしろい》や紅も塗り、生きている人間の顔そっくりに作り上げている。ふうむ、手足も桐か。これは名のある人形師の作に違いない。どこかに名が記されていないかな」

清左衛門は人形をひっくり返したり、着物を捲《めく》ったりし始めた。

呆れながら眺めていると、伊平次が静かに近寄ってきて、麻四郎に耳打ちした。

「あの人は材木商の隠居だからね。木のことにはうるさいんだ。さしずめ、材木馬鹿ってところかな」

それだけ言うと伊平次はまた元の座敷の隅に戻り、とぼけた顔で煙草を吸い始めた。

「は、はあ……」

この皆塵堂に関わっている者の中では、清左衛門は唯一まともな人物だと思っていたが、どうやら必ずしもそうとは言い切れないようだ。

——ううむ。

麻四郎の頭に、一瞬だけ「今すぐこの店から逃げた方がいいのではないか」という考えが浮かんだ。しかしそれはすぐに打ち消された。あの人形を奥の蔵に仕舞う仕事を頼まれているし、それに明日も、ぜひやっておきたいことがある。考えるのはその後だ、と思った。

翌日の昼下がり。濡らした手拭いを顔に載せ、麻四郎は奥の座敷で横になっていた。

「おや麻四郎、具合でも悪いのかね」

作業場の方から清左衛門の声が聞こえてきた。麻四郎は手拭いをどかして体を起こした。

「ああ、鳴海屋のご隠居様。いらっしゃいませ」

「ど、どうしたんだね、その顔は」

「ご心配には及びません。ちょっと戸にぶつけてしまいまして」

それで顔が腫れ上がっていたから、冷やしていたところなのである。

「店から出る時に、何かに躓《つまず》いたのかね。かなり綺麗にしてくれたとはいえ、どうしても物が多いからな」

皆塵堂での麻四郎の主な仕事は、店の土間の片付けである。下に転がっている簪《かんざし》などを台に上げたり、箪笥の上で落ちそうになっている刃物を低い所に下ろしたりと、少しでも危なくないように、店に入った者が怪我をしないように、ということを心がけて整えている。しかし置かれている道具の数そのものは変わっていないので、店の中がすっきりして歩きやすくなる、というところまでは至っていない。

「いえ、まだまだ片付けが足りないのは確かですが、店で躓いたわけではありません。実は今日も、作五郎さんの家に行ってきたんです。ちょっとやっておきたいことがあったので」

一つは、あの人形のことを訊ねるためだった。いったいどこで手に入れ、いつから作五郎の家にあったのか知りたかったのだ。

人形の出所は、作五郎が前に大工仕事で行った、とある店だった。どこの何という店かまでは教えてくれなかったが、とにかくそこの商売が傾いたらしく、持っている物を知り合いに売り払っていたそうなのだ。

作五郎は人形など欲しくなかったが、どうしてもと頭を下げられたのと、物のわりには安かったこと、そして酔っていた勢いのために買ってしまったのだという。

折を見て別の誰かに売り付ければいい、という考えもあった。しかしあまりにも人形の出来が良すぎるので、女房に気味悪がられるに違いないと考え、買い手が見つかるまで箪笥の一番下の段の奥の方に隠していたのだ。

ところがその後、大きな普請場での仕事が入って忙しくなったせいで、作五郎は人形のことをすっかり忘れてしまったらしい。

「作五郎さんが人形を手に入れたのは、ひと月ほど前だそうです。おかみさんが足音を聞き始めたのと同じ頃になります。足音を立てていたのがあの人形であることは今さら疑っていませんが、念のために確かめてみたんです。これでますます間違いないとなったので、私は作五郎さんの家を出て、おかみさんの元へと向かいました。橋町にある桜屋という蕎麦屋だ、というのは前に聞いていましたので、すぐに見つけることができました」

もう足音の心配はなくなった、と伝えに行ったのだ。これが二つ目の目的である。

「お茶の葉が見つからなくて白湯になったり、掃除なんかも行き届いていなかったり、作五郎さんはおかみさんがいなくなって大変そうでしたから。差し出がましいことなのは分かっていますが、家に戻られたらどうですか、とおかみさんに申し上げたんです」

作五郎のかみさんは、麻四郎の申し出に頷いた。両親だけでなく店を継いだ兄夫婦もいるので、実家とはいえ居心地の悪さを感じていたらしい。子供が手習から帰ってきたら一緒に作五郎の所へ戻る、と約束してくれた。

「私は再び作五郎さんの家へ行きました。そして、おかみさんが戻ってくることを伝えたのです。そうしたら、『余計なことをしやがって』と殴られてしまって。ああ、決して作五郎さんに悪気があったわけではないですよ。殴った、ではなく、押した、という感じでした」

話を聞いた作五郎は明らかに喜んでいた。しかし照れ隠しで、苦笑いを浮かべながら麻四郎の肩の辺りを拳でぐっと押したのだ。

「本人は軽くやったつもりだと思います。だけど大工さんだから、そもそも力が強いでしょう。私は後ろによろけたんです。運の悪いことに、そこは入り口の土間を上がってすぐのところでして……」

「おいおい、危ないなぁ。後ろに下がったら土間に落ちてしまう」

「はい、その通りでございます。私は落ちました。必死に体を捻って手をつこうとしたのですが、狭い土間ですからね。目と鼻の先に戸板があるわけで……」

「なるほど、それで顔をぶつけたというわけか」

清左衛門は顔をしかめた。

「福芳という店を出ることになったあたりから、どうもお前はあまりついていないようだ。しかしね、麻四郎。少し話したことがあるが、前にここには物凄く運の悪い男が働いていたんだよ。それと比べるとお前の不運など屁《へ》みたいなものだ。それに、禍福は糾《あざな》える縄の如《ごと》し、と言うからね。運が悪いこともあれば、いいこともある。それが当たり前なんだ。しかしどうも人間というのは、ほんのちょっとした不運でもしっかりと頭に残り、反対に些細《ささい》な幸せについては忘れてしまいがちになるものらしい」

「言われてみればそうかもしれません」

「たとえ些細な幸せでも、それに感謝して生きていける人間になりたいものだな」

清左衛門はそう言うと、店先の方へ目を向けた。

麻四郎もそちらを見る。皆塵堂にいるのは麻四郎と清左衛門だけだった。伊平次は釣りに行ってしまって留守なのは分かっていたが、いつの間にか店番をしていた峰吉も消えていた。

「……まだ戻ってこないか。今、峰吉に菓子を買いに行かせているんだよ。この間の壺と昨日の人形、二度も怖い目に遭っているのにお前は逃げずに皆塵堂で働いてくれている。だから、たまには甘い物でも食べてもらおうと思ったんだ」

「あ、ありがとうございます」

「この近くにね、金鍔《きんつば》を売りにしている菓子屋があるんだ。さして値の張る物でもないが、些細な幸せだと思って食べてくれ」

「何をおっしゃいます。些細だなんて、とんでもない」

この上なく嬉しかった。昨日、この店から逃げた方がいいのでは、と考えてしまったが、それはやめだ。もうしばらく我慢して働き続けよう、と決意した。

「私は福芳を離れてから振り売りの仕事をしておりましたが、慣れていないせいか儲《もう》けも少なく、贅沢《ぜいたく》なことはできませんでした。甘い物なんて、昼飯代わりに焼き芋を食うぐらいでございまして……。安いのでほとんど毎日でした。ですからもう焼き芋なんて、見るのも……」

「ご隠居様、行ってきたよ」

店先から峰吉の声がした。

「金鍔は売り切れてて買えなかった。代わりにそこの木戸番小屋で焼き芋を買ってきたけど、これでいいよね」

「……う、うむ」

清左衛門が困ったような顔をして麻四郎を見た。

麻四郎も、どう言っていいか分からずに困ってしまった。かろうじて「ありがたく頂戴いたします」とだけ口にし、それから、最近やけに続いているこの些細な不運は何だろう、と思いながら痛む顔をさすった。

正しい楽しみ方

〜

「いらっしゃいませ。お客様、何かお探しでしょうか」

峰吉の声が急に店先から聞こえてきたので麻四郎は肝を潰した。

皆塵堂の作業場で、買い取ったはいいが壊れている古道具の修繕をしていたところだ。麻四郎は破れた提灯《ちょうちん》を貼り直していた。そして峰吉もすぐそばに座っていて、こちらは壊れた炬燵《こたつ》の櫓《やぐら》を修繕している……と思っていた。それなのに、いきなりあらぬ方から声がしたから驚いたのである。

――人間業とは思えんな……。

峰吉の身軽さ、素早さといったものにも舌を巻くが、それよりも客の気配を察する力が凄《すご》すぎる。

皆塵堂の店土間は売り物の古道具が山のように積まれているので見通しが悪い。だから麻四郎は、客が店の前に立って品物を眺めていても気づかないことが多かった。

しかし峰吉は違うのである。必ず気づく。多分、影が差して店の中が少し暗くなったとか、足音が止まったとか、そういうわずかな変化で分かるのだと思うが、麻四郎にはとても真似《まね》することはできない芸当だ。

——それに客への愛想の良さ……。

店先にいる峰吉は、愛嬌《あいきょう》に溢《あふ》れた可愛《かわい》らしい笑みを満面に湛《たた》えながら品物を売り込んでいる。その顔を見ていると、同じ店に勤めている麻四郎でも、思わず何か買ってあげたくなってしまう。これは真似できるものならしたいが、さすがにちょっと無理そうである。

——そして、あの変わり身の早さ……。

峰吉は物凄い形相でその後ろ姿に向かって舌打ちをし、悪態を吐《つ》きながら店の中に戻ってきた。結局、客は何も買わずに立ち去っていったのだ。

——これは真似……したら駄目だろうな。

この部分はともかく、客に古道具を必死に売り込もうとする峰吉の姿勢は見習わなければなるまい。

自分は客あしらいを覚えるために振り売りをしたり、こうして商家で働いたりしているのだ。客の応対を峰吉ばかりに任せてはいられない。次こそは峰吉よりも早く客に気づいて、先に店先に出るぞ。

不愛想な顔で再び古道具の修繕を始めた峰吉を横目で見ながら麻四郎はそう決意した。

提灯を直しながら、ちらちらと店先へと目をやる。しばらくすると人の動く気配がしたので慌てて腰を浮かしたが、それはただ誰かが店の前を通っただけのことだった。

再び腰を落ち着けながら峰吉に目を向ける。手元の古道具を見つめたままだ。店先を気にした様子はなかった。

――ううむ。

早まってしまったようだ。次こそは客をしっかり見定めて、峰吉より早く行くぞ。

そう思った時、何者かが店の中に入ってくる姿を目の端で捉えた。

今度は間違いなく客だ。麻四郎は急いで立ち上がり、「いらっしゃいませ」と声を張り上げながら店土間へと下りた。

「ああ俺だ、俺だ」

残念ながら、入ってきたのは伊平次だった。朝早くから釣りに出かけていたが、昼近くなった今になって帰ってきたのだ。

「お帰りなさい」

背後で峰吉の声がしたので振り返る。この小僧はやはり修繕中の古道具に目を落としたままだった。

――ふ、不思議だ。

客と、そうでない者をどうやって見分けているのだろうか。

麻四郎は首を傾《かし》げながら作業場に戻った。

「ちょっと話があるから奥へ来てくれ」

隣の部屋に釣り道具を置いた伊平次が声をかけてきた。麻四郎は首を傾げたままで伊平次の後についていき、奥の座敷《ざしき》へと入った。

「うちの店で働き始めて半月ほどが経《た》つが……」

伊平次は開け放たれた障子戸のそばに腰を下ろし、煙草《たばこ》盆を引き寄せた。煙管《きせる》に刻み煙草を詰めて火を点《つ》け、煙を庭の方へ吐き出してから麻四郎の方へ笑顔を向けた。

「……どうだ、そろそろ辞めたくなっただろう」

「は、はい……ああ、いえ、そのようなことはございません」

思わず頷《うなず》きそうになったが、慌てて首を振った。

「そいつはおかしいな。不満とか文句みたいなものはないのか」

「はあ、そうですね……」

金を使ってくれそうな客にはやたらと愛想がいいが、そうでない者には不愛想で、口も悪い小僧の扱い方に困惑している。しかしこれは不満というほどのことではない。

「……あえて言うなら、料理が作れないことでしょうか」

皆塵堂の朝飯作りは、裏の長屋に住む婆《ばあ》さんが担っている。昼飯は、その婆さんが朝炊いた米で握り飯を作ってくれるのでそれを食う。晩飯は近所の一膳飯屋だ。ここへ来てから、麻四郎はまだ包丁を握っていない。

「腕が鈍ってしまうといけないので、せめて晩飯くらいは私に作らせてほしいと思っているのですが……」

ところがそれは無理な話なのである。なぜなら皆塵堂には台所というものがないからだ。多分、元々は家の奥の方にあったと思われる。しかし建て増しをして裏の蔵とつなげた時に潰してしまったようなのだ。

「鍋とか釜、包丁のような料理をするための道具ならいくらでも店にあるから、その気になれば庭の隅ででも作れるけどな。一度、俺と峰吉でそうやって料理をしたことがあるんだよ。それでご近所さんにお裾分けしたら、相当不味《まず》かったみたいでね。それからずっと、それこそ一日も欠かさずに裏長屋の婆さんが朝飯を作ってくれている。二度と皆塵堂の連中には料理をさせないぞ、という執念を感じるよ」

「さ、左様でございますか……」

「ついでに言うと臭いも酷《ひど》かったみたいだ。しばらく近所を漂っていたものだから、それについても文句が出た。だから俺と峰吉が料理をしようとすると、裏の婆さんだけじゃなくて隣の米屋の親父《おやじ》も飛んでくる。しかし、料理人のお前が作る分には平気だと思うぜ。話をつけておくから、たまに隣の米屋の台所で飯を作らせてもらったらどうだ。むしろ喜ばれるだろう」

「そうしていただけると助かります」

麻四郎は笑顔で頭を下げた。

「ふうむ」

伊平次はそんな麻四郎を不思議そうに眺めた。

「驚いたな。まさか料理ができないなんて不満を漏らされるとは思わなかった。はっきり言うと、俺は幽霊のことを訊《き》いたんだよ。お前は二度も怖い目に遭っているだろう。ここに来て早々に見た壺《つぼ》の男と、この間の人形だ。さすがにもう、ここから逃げることを考え始めているに違いない、と思ったんだけどな」

「ああ、そのことでございますか」

麻四郎は少し俯《うつむ》いて考えた後、顔を上げてまっすぐ伊平次を見つめた。

「確かにあの、壺から這《は》い出《だ》そうとしている男の姿を見た時には震え上がりました。ここから逃げようという考えが頭をよぎったのも確かです。しかし喉元過ぎれば何とやらと申しますか……今になってみると、自分は本当に幽霊を見たのだろうか、と首を傾げたくなる気持ちもあるのです」

知らないはずなのにその男の幽霊のことを言い当てた太一郎のことが気になるが、それを除くと、寝惚《ねぼ》けていただけだ、と言えなくもない。

「ほう」

「それからあの人形ですが……引き出しの奥に寝ている姿を見た時には、ぞっとしました。今でも思い出すと背筋が寒くなります。しかし、私は人形が動いているところを見たわけではありません。せいぜい二階を歩く足音のようなものを耳にしたのと、床に撒《ま》いた大鋸屑《おがくず》の上に足跡らしきものがついていたのを目にしただけです。もちろん奇妙な話であることには違いありません。しかしそれだけで、あの人形が歩いたのだ、あれには幽霊が憑《つ》いているのだ、と言い切ってしまうのはどうかと思うのです」

「そうなると、まだうちで働き続ける気なのかい」

「はい。正直に言ってしまうと、少し怖《お》じ気《け》づいているのは事実です。しかし壺と人形、その二つをもって、この世には幽霊がいるのだ、すぐにここから逃げなきゃいけない、などとするのは早計なのではないかと……」

「その通りだっ」

突然、外で大声がした。

麻四郎は目を丸くしながら庭の方を見た。声がしたのは庭の端にある板塀の向こう側だ。何者かが路地にいて、麻四郎と伊平次の話を聞いていたらしい。

続けて、小さい「うっ」という呻《うめ》き声と、何か重い物が地面に落ちるような音が耳に入る。その後で、今度は大股で歩くような足音が聞こえてきた。それは皆塵堂の表戸の方へと進んでいく。音のする場所を目で追っていると、やがて店先までたどり着いた。

人影が店の中に入ってきた。初めは明るい表を背にしているためによく見えなかったが、近づくにつれてその姿がはっきりと分かるようになった。

仕立てのいい着物を身に着けた若い男だった。年は二十歳《はたち》をいくつか過ぎたくらいか。二十六の麻四郎よりは少し若そうに見える。ただ、妙に堂々とした様子をしていた。大店《おおだな》の若旦那、といった風格がある。

「……日本橋の室町《むろまち》にある紅白粉《べにおしろい》問屋の婿に収まり、治部郎兵衛左衛門《じぶろべえざえもん》なんていう大仰な名乗りに替えたのはいいけど、面倒臭くて誰からもその名で呼ばれない連助《れんすけ》さん、いらっしゃい」

相変わらず手元にある修繕中の古道具に目を落としたままで峰吉が言った。連助という男の方をちらりとも見ていない。

「こら峰吉、なんだその回りくどい呼び方は。俺はそんな長い名じゃないぞ」

「連助さんと初めて会う麻四郎さんがいるからね。ああ、また変な人が来たって思っているに決まっている。それで、何者なのかを麻四郎さんに教えてあげたんだよ」

「そりゃご丁寧な話だが、俺をあの太一郎みたいなやつと同じように語るのはやめてもらいたいな。峰吉、この俺のどこが変だってんだ」

憤る連助に、今度は伊平次から声がかかった。

「取引先と大事な商談をしているとなぜか屁《へ》がしたくなり、綺麗《きれい》な女がそばに近づくとどういうわけか褌《ふんどし》が解《ほど》けちまう連助、こっちへ来て座ったらどうだ」

「伊平次さんまでそんな長ったらしい呼び方を……。しかもそんな風に言われたら峰吉を怒れないじゃありませんか。どう聞いても変な野郎だ」

連助は顔をしかめながら履物を脱ぎ、作業場に上がった。ずかずかと大股で隣の部屋を横切り、奥の座敷に入って麻四郎の前で腰を下ろす。そして背筋を伸ばし、きりりとした顔付きでまっすぐに麻四郎を見つめた。

「私は室町にある紅白粉問屋、六連屋《むつらや》の主《あるじ》の治部郎兵衛左衛門と申します」

連助はそう言うと麻四郎に向かって頭を下げた。きちんとした仕草であるが、どこか気圧《けお》されるような雰囲気を感じる。

「む、六連屋さんでございますか。それは驚きました」

その店の名は麻四郎も知っていた。この連助か、あるいはその前の主かは分からないが、麻四郎が前に勤めていた料亭の福芳を商談か何かで使ったことがあるはずだ。六連屋はかなりの大店である。

「わ、私は麻四郎と申します。最近この皆塵堂で働き始めたばかりで、不慣れな点も多くありますが、どうぞよろしくお願いいたします」

たとえ年が若くても、大店の主となると貫禄《かんろく》というものが違うのだな、と感心しながら麻四郎も深々と頭を下げた。それから顔を上げると、連助はあぐらをかいた膝の上に片肘を乗せた、ぐたっとした感じの座り方に変わっていた。

「俺への呼び方は連助でいいですよ。婿に入って六連屋を継ぐ前の、まだその名を使っていた時に俺はこの皆塵堂で働いたことがありましてね。ここでの立場は麻四郎さんとそう変わらないんだ。だから俺に対してそんなに畏《かしこ》まらなくて結構ですぜ。ただ、うちの店に来た時には奉公人たちの手前、ちょっとは丁寧に扱ってくれないと困るけど」

「は、はあ」

座り方だけでなく、喋《しゃべ》り方も少し砕けている。どうやらこの男は、治部郎兵衛左衛門の時と連助の時とを使い分けているらしい。

「そんなことよりさっきの話に戻りましょう。麻四郎さん、あなたはなかなか正しい考え方をする人のようだ。ここで壺から出てくる男の姿を見たそうですが、あなたはそれを幽霊だとは決めつけていない。それから、村松町の大工さんの家にあったという人形。足音を聞いたり大鋸屑の上についた足跡を見たりしているが、直《じか》に見ていないことから、これも人形が動いたのだとは決めつけない。本当に素晴らしい考え方です。生半《なまなか》の者なら、それだけのことでも幽霊が出たと大騒ぎするでしょう。立派なものだ。しかし、残念な点もある。どうもあなたは、この世に幽霊などという馬鹿なものはいないのだ、とまでは言い切れていないようだ。もしかしたらいるかもしれない、と思ってしまっている。それは駄目です。いいですかい、麻四郎さん。そんな馬鹿な考えはきっぱりと捨てるべきだ。そうしないと、あの太一郎のような人間に騙《だま》されますぜ」

「は……はあ」

麻四郎は戸惑いながら頷いた。この連助は、幽霊というものをまったく信じていない男のようだ。恐らくそれがために太一郎とは反りが合わないのだろう、ということが何となく感じられた。

「おい連助。お前、ちょっと詳しすぎないか」

伊平次が不思議そうな表情で訊いた。

「そこの板塀の向こうで俺たちの話を聞いていたようだから、壺の男と人形の件を知っているのは分かる。しかし、人形が村松町の大工の家にあったことまでは話していない気がするんだけどな」

「ああ、気づきましたか。実はですね、巳之助さんから聞いたんですよ。昨日うちの店に『猫飼わないか』って言いながら乗り込んできましてね」

「おかしいいな。今年あいつの長屋で生まれた子猫は、すべてどこかに押し付けたはずなんだが」

「余所《よそ》で生まれた猫ですよ。貰《もら》い手《て》を探してくれと頼まれたらしい。五匹もいるって話だ」

「その子猫たちなら心当たりがある。大変だな、あいつも」

伊平次は呆《あき》れたような顔を麻四郎に向けた。

麻四郎は軽く頷いた。あの人形があった作五郎の家の隣の、書物問屋の隠居の所で生まれた猫たちのことのようだ。麻四郎と一緒に行った時にはそんなことを頼まれた覚えがないから、巳之助はあの後も一人で隠居の家を訪れていたのだろう。

「猫十七郎は黒白で、猫十八郎は茶色が入っていて、などと巳之助さんは事細かに子猫の様子を話していったんだが……それよりも、その名はいったい何だ、とそっちの方が気になりましたよ」

「前にあいつの長屋で生まれたり、余所で生まれたのをいったん引き取ったりした子猫たちもそんな風に順に名付けていたよ。だから、その流れが続いているのだろう。ちゃんとした呼び名は貰い手の方で決めればいいと考えて、とりあえずの名を分かりやすく付けたようだ。確か猫十四郎までいた覚えがあるから、新たな猫たちは猫十五郎から猫十九郎までだな。それで、どうするんだ。六連屋で飼うのかい」

「断りましたよ。商売が忙しいし、それにうちにはまだ手のかかる赤ん坊がいますからね。猫に構っている暇はありません。巳之助さんだってそのことは知っているはずなのに、すっかり忘れて押し付けに来たみたいだ」

「ああ、そうだったな。跡取りの長男坊が生まれたばかりだった。どうだ、健やかに育っているかい」

「ええ、お蔭様《かげさま》で……まあそんなわけで六連屋に巳之助さんがやってきて、その時に麻四郎さんのことと人形の話を聞いたんです。それで、とにかく麻四郎さんと話をしなければと思いましてね、さっそく今日、やってきたんですよ」

連助は伊平次の方を見ていた目を麻四郎へと戻した。

「いいですかい、麻四郎さん。幽霊などというものはこの世にいません。未練を残して死んだ者が浮かばれずに化けて出る、なんて言う者もいますが、そもそも何の憂いも悔いもなく亡くなる人なんてほとんどいないはずだ。子や孫のこと、家や店のこと、飼っていた猫のことなどへの心配。それから、ああすればよかった、これはやめとけばよかったといった、これまでにしてきたことへの後悔。それに、あんなことがしたかった、こんなこともやりたかったという、できなかったことに対しての心残り。たいていの者はそういう無念の思いを抱きながら亡くなっていくに違いない。もしそれらの人々がみんな化けて出たら大変だ。この世が幽霊で溢れてしまう。ところが今、こうして周りを見回してみても、そんなものは目に入らない」

連助はわざとらしい大きな動きで座敷の中や庭、作業場、店の土間などへ次々と顔を向けながら、きっぱりと言い放った。

「つまり、幽霊などこの世にいない、ということだ」

「は、はあ」

「すべてはまやかしです。幽霊だけでなく、呪いとか祟《たた》りとかいったものも同じだ。そういうことを言い出す輩《やから》は、端《はな》から疑ってかからねばいけません。こちらを騙そうとしているに決まっているのだから」

「な、なるほど」

連助の言葉には納得できる部分もある。しかし、こうして滔々《とうとう》と、かつ力強い口調で話されると、この連助のことも胡散臭《うさんくさ》く思えてくるから不思議だ。

「幽霊の正体見たり枯れ尾花、なんて言葉があります。人はびくびくしていると、何でもないものでも幽霊だと思ってしまうらしい。天井板の木目が人の顔に見えてくる、なんてのもその類《たぐい》の話でしょう。この皆塵堂は人死にの出た家から古道具をまとめて安く買い取ったり、曰《いわ》く品《ひん》と呼ばれる物の引き取りを同業の古道具屋から頼まれたりする店だ。これらは手にする前から『怪しい』と感じてしまう品です。当然、びくびくしながらそういう場所へ行く。そうすると、例えば風で物が倒れたとか灯《あか》りが消えたとか、そんな何でもないことまで幽霊と結びつけてしまう。これまで皆塵堂では何人も奉公人が逃げているらしいが、そのすべてがそんな勘違いのせいだと俺は思っていますよ。しつこいようですが、麻四郎さん、この世に幽霊などいません。だからその手の場所へ行った時は、少しも恐れることなく、堂々と胸を張って仕事をこなせばいいんです。俺は伊平次さんに頼まれて幽霊屋敷と呼ばれる家に行かされたことがあります。それも二回も。しかし微塵《みじん》も怖がっていなかったから、どちらの時も幽霊なんて出ませんでしたよ。ぜひ麻四郎さんもそうしてください。ま、機会があったら手本を見せてやりたいところですが……」

かんっ、と甲高《かんだか》い音が部屋に響いた。煙草を吸っていた伊平次が、灰を落とすために煙管の雁首《がんくび》を力強く灰吹きに叩《たた》きつけたのだ。

「……急にどうしたんですかい、伊平次さん」

「いや、ちょうどよかったと思ってね。喜びのあまり無駄な力がはいっちまった」

伊平次は煙管に煙草の葉を詰めながら、にやりと笑った。

「明日、うまい具合にその手の仕事が入っているんだよ。南六間堀町《みなみろっけんぼりちょう》にある知り合いの古道具屋に、碌《ろく》でもない品をつかまされたから引き取ってくれと頼まれているんだ。すまんが俺の代わりに連助が、麻四郎と一緒に行ってくれないか」

「伊平次さんは……ああ、釣りか。相変わらずだ」

さすがはここで働いたことのある男である。連助はすぐに納得した。

「手本を見せてやりたいと言ってしまった手前、行かなきゃ格好がつかないが……明日は取引先と大事な話がありましてね。しかも二つも」

「どうせどちらも屁をするだけだろう」

「な、なんてことを言うんですかい。そりゃこっそり屁もしますけど、ちゃんと商談だってまとめますよ。こう見えても俺は、何人もの奉公人を抱えた六連屋の主なんですぜ」

伊平次さんとは違うんだ、と口を尖《とが》らせて連助は庭へと目をやった。しばらくの間、ううん、と唸《うな》りながら考え込み、それからまた顔を伊平次へと戻した。

「一つは昼飯を食いながらの商談でしてね。場所が向島《むこうじま》にある料亭なんで、ちょっと早めに六連屋を出なければならない。もう一つは晩に酒を飲みながらの話で、こちらは本石町《ほんこくちょう》でやるのでうちの店のすぐ近くだ。そうなると……一つ目を終えた後で南六間堀町へ行き、古道具屋での仕事を片付けてから六連屋に戻って二つ目へと向かう、という形しかありません。どうしたって夕方くらいになっちまいますが」

「明日中に行けるのならいつでもいいよ」

「分かりました。それでは明日の仕事の支度があるので俺は帰ります。麻四郎さん、明日の夕方、南六間堀町の古道具屋の前で落ち合いましょう」

連助は立ち上がると、素早い足取りで作業場まで進み、店の土間へ下りた。そして峰吉の「今度来る時はお土産《みやげ》を買ってきてねぇ」という声を背に、あっという間に店を去っていった。

大店の主で忙しいからなのか、せっかちなところがある男のようだ。それに、どことなくやりづらさも感じさせる男でもあるな、と思いながら麻四郎は連助を見送った。

二

連助が南六間堀町に着くのは多分、七つ（午後四時）頃になるだろう。しかし商談が早く終わることも十分に考えられるから、自分はかなりの余裕をもって皆塵堂を出なければ駄目だ。連助は六連屋の店の仕事の合間を縫ってこちらを手伝ってくれるのだから、万が一にも、自分の方が遅く着くなんてことがあってはならない。

そう考えた麻四郎は、八つ（午後二時）には南六間堀町にいられるように頃合いを見計らい、「いくらなんでも早すぎるんじゃないの」という峰吉の声に送られて皆塵堂を出た。

「……麻四郎さん」

大して歩かないうちに声をかけられた。まだ店の前である。

いったい誰だろうと思いながら周りを見回すと、皆塵堂の脇の路地から若い男の顔が覗《のぞ》いていた。麻四郎に向かってひょいひょいと手招きし、板塀の向こうへ消える。

——ああ、円九郎さんか。

隣の米屋で働いている若者だ。麻四郎が初めて皆塵堂に来た日に、米俵を担いだまま後ずさりしていった男である。

顔を合わせた時に軽く挨拶を交わすくらいで、まだちゃんと喋ったことはない。しかしどういう者であるかは清左衛門から聞いて知っていた。

驚いたことに円九郎は、松田町にある安積屋《あづみや》という紙問屋の跡取り息子だった。この安積屋のことを麻四郎は知らなかったが、それなりに立派な構えの店だそうだ。

そんな男がなぜ米屋にいるかというと、放蕩《ほうとう》がすぎたからである。親の金で毎晩のように仲間と遊び歩いていたそうなのだ。父親は円九郎に対してわりと甘かったようだが、さすがにまずいと感じたらしく、ある時から金を渡さないようにした。すると円九郎は賽銭《さいせん》泥棒をしたり、人から金を騙し取ろうとしたりと、悪事を働くようになった。それでとうとう父親の堪忍袋の緒が切れ、円九郎は勘当《かんどう》されてしまったというわけなのだ。

ただし勘当といっても、奉行所に届け出るなどの正式な手続きを踏んだものではない。表向きにせず、内々で済ませた内証《ないしょう》勘当と呼ばれるものだった。この場合、もし放り出した者が罪を犯したりすると親も連坐《れんざ》して責を問われるので、しかるべき所に預けられる。親類や出入りの職人の親方、町内抱えの仕事師の頭《かしら》の家などだ。円九郎はそれが、親の知り合いの清左衛門だったのである。

円九郎は、まず皆塵堂に居候させられた。当然のように怖い目に遭ったらしい。しかし勘当の身であるから逃げたくても帰る場所がなく、泣く泣く皆塵堂に居続けたという。

そうしてしばらく根性を鍛えた後で、円九郎は皆塵堂の隣の米屋に移された。こちらは力を使う仕事である。次は体を鍛えよ、ということだ。清左衛門は好々爺《こうこうや》然とした優しげな年寄りであるが、円九郎のことはかなり厳しく扱っている。

——さて、その円九郎さんが何の用だろうか。

首を傾げながら麻四郎は路地に足を踏み入れた。円九郎は少し奥に入った所に立ち、麻四郎がやってくるのを待っていた。

「お呼び立てしちまって申しわけない。どうしても頼みたいことがあったものですから」

近づいていくと、円九郎はそう言って麻四郎に向かって手を合わせた。

「どのような頼みでしょうか」

「昨日、連助さんとお話をされていたでしょう。それを聞いていたんですけどね……ああ、勘違いしないでくださいよ。決して盗み聞きをしようとしたわけじゃありませんから。話の方が勝手に耳に入ってきただけです」

「……は、はあ」

「私は昨日、いつものように米俵を肩に担いでよたよたと後ろ向きに歩いていたんですよ。それでご近所を一周して、皆塵堂の脇の所まで戻ってきたら、いきなり背後で『その通りだっ』っていう大声がしたんです。もうびっくりしちまいましてね。足を止めました。ところが米俵は重いから止まってくれない。で、そのまま仰向けに倒れました」

「ああ、なるほど」

そういえば連助の大声が聞こえたすぐ後に、呻き声のようなものと何か重い物が落ちる音がした覚えがある。あれは円九郎だったようだ。

「ですけどね、尻や背中をついたら着物が汚れますでしょう。洗濯するのは世話になっている米屋のおかみさんだ。こんなことで余計な手間をかけるのは申しわけない。それで私は必死に体を反らして、尻と背中を地面から浮かせました」

「ふうむ」

二本の足と米俵だけで体を支えて、仰向けで弓なりになっている体勢、ということだろうか。かなり疲れそうである。

「地面に尻をつければ起き上がれますが、それはできない。素早く体を捻《ひね》って手をつく、なんてことも考えましたが、少しでも動くと米俵が倒れそうでしてね。着物を汚さずに起き上がることがどうしても無理なんですよ。それで、誰か起こしてくれる人が通りかかるまで待つことにしたのですが、そういう時に限って誰も来なくて……そうこうしているうちに、皆塵堂から麻四郎さんたちの声が聞こえてきたというわけでして」

話はよく分かった。ただし首を傾げたくなる点もある。

「どうして私どもに声をかけなかったのですか。すぐに助け起こしに行きましたのに」

伊平次と連助は笑いながら見ているだけの気がするし、峰吉に至っては棒でつついて遊びそうであるが、少なくとも自分は助けた。

「いえね、ほら……そうしたら米屋に戻らなきゃならないでしょう。まだ米俵を店に運び入れる仕事が残っていたものだから……」

怠けていたということだろうか。しかし、なぜよりによってそんな体勢で？

ますます深く首を傾げる結果になったが、さらに根掘り葉掘り訊いていたら南六間堀町に行くのが遅くなってしまう。麻四郎は仕方なく話を進めることにした。

「……それで、私に頼みたいこととは何でしょうか」

「それを言う前に、連助さんについて知っておいてほしいことがあるのです。まあ私も鳴海屋のご隠居様や伊平次さんから聞いているだけのことで、あまり詳しくは知らないのですが……実はですね、連助さんは祟りに遭ったことがあるんですよ。正しく言うと、六連屋という店が祟られていた、ということなのですが。六連屋は代々女系で継いでいるらしいんです。なぜなら男が生まれない家だからです。女の子は生まれます。それで余所から婿を取るのですが、これがことごとく早死にするらしい。そんなことを繰り返しながら代々続いてきたのが六連屋なのです」

「あの連助さんは、幽霊だけでなく呪いや祟りみたいなものも信じていないようでしたが……」

「だからこそですよ。あの人は六連屋から暖簾《のれん》分けされた店の倅《せがれ》らしいのですが、生まれた時から六連屋に婿に入ることが決められていたみたいなのです。そういう育ちだからこそ、その手のものを信じなくなったのでしょう」

「ううむ、分かるような気がします。そうなると、連助さんは近いうちに亡くなるということになってしまいますが……うん？」

今の話におかしな点があることに麻四郎は気づいた。

「六連屋は男が生まれないとおっしゃいましたが、確か連助さんは、跡取りのご長男が生まれたばかりなのではありませんか。そのような会話を伊平次さんと交わしていた覚えがあるのですが」

「その通りです。これも鳴海屋のご隠居様に聞いた話で、私は詳しく知らないのですが……その祟りはもうなくなったらしい。伊平次さんや巳之助さん、そしてあの銀杏屋の太一郎さんが裏で立ち回って、六連屋にかかっていた祟りを消したそうなのです。しかしそのことを連助さんは知らない。だから今でも以前と変わらずに、この世に幽霊や呪い、祟りなどというものはないのだと息巻き、幽霊が見えるという太一郎さんを目の敵にしている、というわけなんですよ。どうです、麻四郎さん……連助さんに腹が立ちますでしょう」

「いや、そこまでのことはありませんが……」

麻四郎はまだ太一郎や連助のことをさほど知らない。だから連助に対して怒りのような強い感情は浮かんでこなかった。

「……ですが、もしその話が本当なら太一郎さんがちょっと気の毒だとは思います」

「しかし、だからと言って『太一郎さんのお蔭で祟りが消えたんだぞ』と教えることもできない。証拠みたいなものがあるわけではないからです。そうしたところで『嘘《うそ》つけ』で終わりでしょう。むしろ、余計に太一郎さんのことを悪く言うようになるかもしれない」

「ううむ」

「そこで麻四郎さんにお願いです。これから連助さんと共に、南六間堀町の古道具屋にある曰く品を引き取る仕事をしますでしょう。その時に、もしかしたら何か起こるかもしれません。まあはっきり言ってしまうと、幽霊が出るかも、ということなのですが……麻四郎さんにお願いしたいのは、もしそうなった場合は、何とかして連助さんがその幽霊を見るように、うまくやってほしいのです」

「はあ？」

麻四郎は口をあんぐりと開けた。何をどううまくやればいいのか分からない。

「円九郎さん……考えるのも嫌な話ですが、仮にこれから行く古道具屋で幽霊が出たといたしましょう。そうなると、その場に連助さんもいるわけですから、当然あの人も幽霊を見ます。私は特にすることがないと思うのですが……」

「ところが違うのですよ。連助さんは昨日、幽霊屋敷に二回も行かされたがどちらも幽霊は出なかった、みたいな話をしていましたでしょう」

「ああ、確かに覚えがあります」

「そのうちの一回は、私も一緒に行っているんです。しっかり出ましたよ、幽霊。腐った赤ん坊を抱いた女の幽霊でしてね。わりと綺麗な女だったんですが、それが凄い形相で立っているんです。もう怖いのなんのって。私は震え上がりました。ところが連助さんはその女を見ていないんです。もちろんその場にはいたんですよ。だけど、急に『褌が解けやがった』などと抜かして、のろのろと締め直し始めたんです。女が現れたのはその背後でしてね。すぐ後ろに幽霊が立っているのに、連助さんはまったく気づかないんです。私が懸命に呼びかけても振り返らず、呑気《のんき》に褌を直している。

で、ようやく締め終わってこちらを向いた時には、女の幽霊は溶けるように消えた後だった、というわけなんですよ。どうです、麻四郎さん……連助さんに腹が立ちますでしょう」

「いや、ですから、私はそこまでのことはありませんが……」

とりあえずこの円九郎が、連助のことを腹立たしく思っていることはよく伝わった。

「麻四郎さんは優しいお人だから、そういうことをおっしゃいます。できればいつまでもそうあってほしいものですが……さて、どうでしょうかね」

円九郎が路地の入り口の方へ顔を向けた。それとほぼ同時に、離れた所で「こら円九郎、どこ行きやがった」と米屋の親父が叫ぶ声が聞こえてきた。

「そろそろ怠けているのがばれる頃だと思ったんだ……では私は仕事に戻ります。麻四郎さんも南六間堀町に行くところでしたね。どうかお気をつけて。もちろん何事もない方がいいに決まっていますから、私も無事をお祈りしています。ですが、もし幽霊が出てきたら……その時はよろしくお願いしますよ」

円九郎はにやりと笑った後で軽く頭を下げ、それから路地の入り口へと歩き出した。

「はあ……」

路地の先の角を米屋の方へと曲がり、円九郎が姿を消すのを見届けてから、麻四郎は溜息《ためいき》のような声を漏らした。かなり難しく、そして嫌なことを頼まれてしまった。

さてどうしたものか、と悩みながら、南六間堀町へと向かって麻四郎は足を踏み出した。

曰く品を引き取ってほしいと言ってきた古道具屋は、丸屋《まるや》という名の店だった。

横丁を入った先の目立たない場所に建っているが、そんな場所にあっても、店構えはなかなかのものだった。それに中も皆塵堂のようにごちゃごちゃとはしていない。櫛《くし》や簪《かんざし》、あるいは印籠や根付といった品物が台の上に整然と並べられている。もちろん足の踏み場もちゃんとあるので見やすかった。

壁には掛け軸が下げられ、その前に壺や花器、螺鈿《らでん》の施された文箱《ふばこ》などが、やはり綺麗に並んでいる。そのどれもが値の張りそうな品に見えた。

――皆塵堂と比べるのは間違いなのかもしれないが……。

とても同業の店とは思えないな、と思いながら麻四郎は丸屋の中を見回した。

「引き取ってほしい物は裏の蔵に入れてある。こっちだよ」

店の主の嘉兵衛《かへえ》が店土間の横にある小さい戸を開け、麻四郎と連助に向かって手招きしてからその先へと姿を消した。

ちなみに連助がこの古道具屋に着いたのは、七つを少し過ぎた頃だった。円九郎と話をして少し遅くなったとはいえ、麻四郎は八つ半（午後三時）よりも前にはここに着いていたので、半時（一時間）以上は待っていたことになる。

もっと早く来てくれればよかったのにな、と思いながら麻四郎は戸をくぐった。出た場所は隣の家との境にある狭い通路で、そこから裏庭の方に回れるようになっていた。

通路に出た麻四郎はまず空を見た。長く待たされるのは承知の上だったので、その点では特にどうとも思わなかったが、七つ頃から急に空模様が怪しくなってきたので、それが気になっていたのだ。雨こそ降っていないが、厚い雲が覆っている。そのため辺りがだいぶ薄暗く感じられるようになっていた。外でこうなのだから、蔵の中はかなり暗いに違いない。

通路を抜けると、思いのほか広く思える裏庭に出た。その一角に蔵が二棟建っていて、嘉兵衛はそのうちの片方の蔵の戸の前に腰を曲げて立っていた。南京錠《なんきんじょう》を外しているのだ。

「申しわけありません。こんな夕方に伺ってしまいまして」

「別にいいよ。むしろちゃんと来てくれたことが驚きだ。あの伊平次さんのことだからね。忘れられたとしても不思議はない」

五十がらみの丸屋の主は笑いながら答えた。

「その伊平次さんは釣りに行ってしまって、ここには来ない、と。まあそれも分かりきっていたことだ」

さすが同業者である。よく知っている。

南京錠が外れ、嘉兵衛の手によって蔵の戸が大きく開けられた。

「ううん、暗いな」

嘉兵衛が困ったように言いながら戸の前からどいた。中が見えるようになったので、麻四郎は戸口の外から蔵の内側を眺め回した。

薄暗くてよく見えなかったが、壁際に棚が設《しつら》えられており、何やら品物が置かれているのが分かった。それと、奥の方の床に箱がいくつか積まれているようだ。

「引き取ってほしいのは皿と包丁だ。あそこにある箱の中に入っている。うちの店で売りたい皿や刃物はもう一つの方の蔵に収めてあるから、こっちにあるのはすべて持っていっていい。そうは言ってもさほど数はないよ。皆塵堂から持ってきた背負い籠で十分に運んでいける。奥の方は暗いが……向こうに行灯《あんどん》があるだろう」

嘉兵衛が蔵の隅を指差した。

「火口箱《ほくちばこ》もその横に置いてある。もし見えないようならそれで明かりを点けてくれ。それじゃあ私は店の方に戻るよ。終わったら声をかけてくれ」

嘉兵衛はそそくさとした足取りで通路へと姿を消した。

「……あの店主、蔵の中には一歩も入らなかったな」

連助が呟《つぶや》きながら麻四郎の前に出た。

「皆塵堂に古道具の引き取りを頼むってことは、何か薄気味悪く感じるような出来事があったんだろうが……けっ、くだらねぇ。幽霊なんてこの世にいやしないんだ。すべて気のせいに決まっている。麻四郎さんに釘《くぎ》を刺されていなかったらそう言ってやったのに」

不満げな顔つきで連助は蔵の中に入っていった。さすがに何の躊躇《ためら》いもない足取りだった。

連助さんはもう皆塵堂の奉公人ではないから丸屋さんの相手は私がいたします、ですからどうか大人しくしていてください、と丸屋に入る前に必死に頭を下げて頼み込んでおいてよかった、と麻四郎は心から思った。

連助が行灯の横にしゃがんだ。戸口の近くはともかく、奥の方はかなり暗い。だからまずは明かりを点けることにしたようだ。火打石と火打金を打ち合わせる音が聞こえてくる。

行灯が点《とも》るのを待ってから、麻四郎はようやく蔵に足を踏み入れた。その時には、連助はもう奥に積まれた箱の中を調べ始めていた。やはりせっかちな男だ。麻四郎は戸口のそばに背負い籠を置いてから、慎重に歩を進めて連助へと近づいた。

――特に怪しい気配はないな……。

連助のすぐ後ろまでたどり着き、ほっとひと息つく。その途端に、周りがすっと暗くなった。

「あれ、明かりが消えちまった」

連助が顔を上げて、不思議そうに行灯の方を見た。

「風でも入ったのかな」

「いや、それでも消えるというのはおかしいのではありませんか」

麻四郎は辺りをきょろきょろと見回しながら答えた。やはりここでも何か出てくるのだろうか、と怯《おび》え始めている。

行灯は火袋という紙の覆いで火の周りを囲っている。だから少々の風では消えないようになっているのだ。ここにある行灯も四方を小さな障子戸のようなもので囲われていて、少々どころかやや強めの風でも消えなそうである。

しかも、そもそも麻四郎は風を感じなかった。明らかに妙だ。

「……それなら油が悪いのか、あるいは灯心が駄目になっているのか。まあ、もう一度点けるとしますか」

連助が行灯に近づき、しゃがみ込んで火口箱へ手を伸ばした。

「風ではないだろうけど、念のために戸を閉めますぜ」

再び行灯を点した連助は、今度は蔵の出入り口に向かって歩き出した。

「えっ、戸を閉めるって……そんなことをして、また火が消えたら本当に真っ暗になってしまいますよ」

「表が暗くてあまり役に立っていないとはいえ、一応は明かり取りの窓が二階についている。そこから漏れてくる光で少しくらいは見えるでしょう。真っ暗ってことはない」

連助は平気な顔で蔵の戸を閉めた。

――ううむ。

暗くなるのもそうだが、逃げ道を塞がれるのが怖い。だから戸は開けておいてほしかったのだが、そんなことを言うとまた連助がこの世に幽霊などというものは云々《うんぬん》と喋り始めるに違いないから黙っていた。

何か嫌なことが起こりそうな気がしたが、麻四郎は頭を振ってその考えを払いのけた。

三

「鳴海屋のご隠居様、いらっしゃい」

清左衛門が皆塵堂に入ると、作業場にいた峰吉から声がかかった。

「前々から不思議に思っていたんだが、どうしてお前はこちらを見ていないのに、来たのが儂《わし》だと分かるのかね」

作業場に上がりながら清左衛門は訊《たず》ねた。峰吉は折れた提灯の骨組みを直していたところで、ずっと手元に目を落としていた。清左衛門の方には一切顔を向けていないのだ。これは今日だけのことではなく、いつもそうなのである。

「足音だよ。知っている人なら歩き方の癖で分かる。それにさ、ご隠居様はここに入る前に、隣の米屋さんにいる円九郎さんに何か喋ったでしょう。その声でも分かった」

「お前……すごい耳を持っているな」

よく仕事を怠けてどこかへ行ってしまう円九郎が珍しく店の中にいたので、「おや円九郎、今日はちゃんとやっているようだな」と軽く声をかけただけである。別に声を張り上げたわけではなかった。それがここから聞こえたとは驚きだ。

「……店の前を通りかかっただけの人と皆塵堂に入ってくる客も、そうやって足音で聞き分けているというのかね。それにしては、初めて来た客でもお前は気づくだろう。歩き方の癖は関わりがないはずだが」

「歩く早さだよ。通り過ぎるだけの人なら変わらないけど、もしうちに用がある人なら店のそばに来たところで歩くのが遅くなる」

「ううむ……」

もはや人間業ではないな、と感心した。清左衛門は木場にある鳴海屋の敷地内に離れを造ってそこで寝起きしているが、野分《のわき》という名の猫も一緒にいる。この野分も餌を運んでくる女中の足音を他の者と聞き分けていて、やってくるよりだいぶ前からそわそわし始めるが、それと似たようなものだ。

「幽霊が見えすぎる太一郎とか、喧嘩《けんか》が強すぎる巳之助などを人間離れしていると感じることがあるが、お前も十分そいつらの仲間に入れるな」

「太一ちゃんはともかく、巳之助さんとおいらを一緒にしないでよ。あの人はそもそも見た目からして人間離れしているんだからさ」

「お前は本当に口が悪いな」

困ったものだ、と思いながら清左衛門は作業場から隣の部屋へと移った。さらにそこから奥の座敷に入ろうとしたが、部屋の隅に人影があるのを見て足を止めた。

「なんだ伊平次、お前、いたのかい」

「そりゃ俺はここの店主ですから」

伊平次は釣《つ》り竿《ざお》を磨いていたようだ。店の片付けはやらないが、なぜか奥の座敷の掃除と釣り道具の手入れだけは欠かさずにやる男である。

「そのわりにはいつも釣りに出かけて留守にしているな」

「ええ、お蔭様で。今も川から戻ってきたところですよ。雲行きが怪しくなってきたものですからね。どしゃ降りになったら面倒だと思いまして。ちょっとくらいの小雨《こさめ》ならむしろ釣りには好都合なんですけどね」

川の中にいる魚の方から岸にいる人間が見えづらくなるためらしい。

「……だけど、雨にはならないかもしれませんね。西の方の空が少し明るくなってきたようですから」

「うむ、儂もここから鳴海屋に帰るまでが大変になるから、降らないに越したことはないよ」

清左衛門は敷居をまたいで奥の座敷に入った。床の間に鮪助がいたので頭を撫《な》で、それから隅に置かれていた煙草盆を引き寄せた。

「儂のような暇な隠居はまだいい。急に雨が降ってきたら仕事に差し障りが出てしまって困る者も大勢いるだろう。例えば……」

煙管に煙草を詰めて、さあ火を点けよう、としたところで清左衛門は動きを止めた。隣の部屋にいる伊平次に目を向ける。

「……そう言えばお前、今日は丸屋さんとかいうお仲間の古道具屋に行く用事があったんじゃないのかい」

丸屋の嘉兵衛が古道具の引き取りを頼みに来た時に、清左衛門も皆塵堂にいたのだ。

「まさか早々にその仕事を終わらせてしまったのかね。お前が」

「いえ、俺は今日、釣りにしか出かけてませんよ。そっちには麻四郎と連助に行ってもらってます」

女は麻四郎に向かって頭を下げながら、すうっと消えていった。

「おっと、いきなり日が差してきた」

戸口の方から連助の声が聞こえてきたので、麻四郎はそちらへ目を向けた。

褌を締め直している連助の後ろ姿が西日に照らされて明るく浮かび上がって見えた。この時初めて麻四郎は、円九郎と話していた際には感じなかった連助への腹立たしさを覚えた。

五

「……ね、そうでしょう。腹が立つんですよ、連助さんは」

満足そうな笑みを浮かべながら円九郎が言った。仲間ができたと喜んでいるようだ。

皆塵堂の脇の路地である。丸屋を辞して戻ってきたら円九郎が待ち構えていたのだ。

「それで麻四郎さんはその後、どうしたんですかい。腹立ち紛れに連助さんの尻を後ろから蹴り飛ばしたとか」

「そんなことはしませんよ。行灯を点けなくても十分に明るくなったので、蔵の中をもう一回、調べ直したんです。そうしたら女の幽霊が立っていた場所から、見逃していた皿が出てきましてね。それも背負い籠に入れて……終わりです」

「連助さんはそのまま六連屋に帰ったのですね」

「ええ、その通りです」

かなり重かったが、それでも麻四郎一人で何とか運べる量だったので、連助とは丸屋の前で別れた。その際に連助は「ほら何も出なかった。やはり幽霊なんてものはこの世にいないんですよ」と言い残してから去っている。

「ふうむ、麻四郎さんでも連助さんに幽霊を見せるのは駄目だったか……でも皆塵堂がある限り幽霊の種は尽きませんよ。次の時を待ちましょう」

「そ、それは……また私が連助さんと一緒にどこか幽霊の出そうな場所へ行く、ということでしょうか」

「そうなりますね。まあ連助さんも忙しい人だから、いつになるか分かりませんが」

「ううむ……」

麻四郎は唸った。今回は真っ昼間にしっかりと幽霊を見た。寝惚けていたせい、などという言い訳はできない。この世に幽霊はいるのだとはっきり分かってしまったのだ。

「……できれば御免被りたいのですが」

「皆塵堂で働いているからには、それは無理な相談でしょうね。でもいいじゃありませんか。麻四郎さんだって連助さんに腹を立てているわけで……」

「いや、あの時はそうでしたが、今はもう治まっていますから」

「そんなぁ」

円九郎は、はあ、と大きく溜息をついた。

「せっかく仲間ができたと思ったのに……しかし腹は立っていなくても、連助さんに幽霊を見せたい、という思いはあるんじゃないでしょうか」

「そ、それは……」

「すぐに答えが出てきませんね。迷っているということは、きっとその思いが心の底にあるのでしょう。それで十分ですよ。麻四郎さん、私と手を取り合って、連助さんを怖い目に遭わせてやろうではありませんか」

「いや……」

返事を渋っていると、円九郎の背後にある路地の角から小柄な人影がすっと現れた。

峰吉だった。むすっとしたしかめっ面で、足音を立てずに素早く近づいてくる。円九郎は気づいていない。

小僧の勢いに気圧され、麻四郎はわずかに後ずさった。その動きで円九郎はようやく背後の気配に気づいたようだ。「どうかしたんですかい」と呑気な声を出しながら、くるりと後ろを向いた。峰吉の足が振り上がるのと同時だった。

「うぐっ」

「あ、ごめん。尻を蹴飛ばすつもりだったのに、前の方を蹴っちゃった」

円九郎は両手で股ぐらを押さえながら、がくりと膝をついた。

「まあいいや。それより円九郎さん、麻四郎さんを唆《そそのか》さないでよ」

「そんなことしてねぇよ。連助さんに幽霊を見せてびっくりさせたい、なんてのは誰だって思うことだ。峰吉だってそうだろうが」

「おいらは思ってないよ」

「嘘つけ」

はああ、と峰吉は大きな溜息をつき、首を左右にゆっくりと振った。

「浅はかだなぁ。だから円九郎さんは駄目なんだよ。円九郎さんも麻四郎さんも、連助さんの背後にいる幽霊を見ているわけでしょう。ところが連助さんはそれに気づかず、『この世に幽霊なんていないんだ』と息巻いている。これってすごく面白いと思うんだよね。そんな様子を眺めながら『この人、間抜けだなぁ』って思うのが、正しい連助さんの楽しみ方だとおいらは考えているわけ。もし連助さんが幽霊を見てしまったら、それが終わっちゃうでしょう。だから喋さないでくれと言ってるんだよ」

「み、峰吉……」

「まあ、おいらは幽霊を見たことないし、連助さんと一緒に古道具の買い取りに行くこともなさそうだから、実はどうでもいいんだけどね」

そう言いながら峰吉は辺りを見回した。路地の脇に置いてあった背負い籠に目を止める。

「これが丸屋さんから持ってきた品だね。曰く品みたいだから早めに蔵に仕舞わないと鳴海屋のご隠居様から説教を食らっちゃう。おいらが入れておくよ」

籠をひょいっと担ぎ上げて峰吉は路地を戻っていった。客に見せる愛嬌のある笑顔や体の小ささで誤魔化されているが、やはりもう十五になると力は大人とさほど変わらないんだな、と麻四郎は思った。

その峰吉の姿が見えなくなるのを待ってから、麻四郎は口を開いた。

「……円九郎さん、お願いがあるんですが」

「なんですかい」

「峰吉の正しい楽しみ方を教えてくれませんか」

「そんなものがあったら、私も知りたいですよ」

「そうでしょうねぇ……」

麻四郎はすっかり暗くなった空を見上げながら、そして円九郎は股ぐらを押さえて地面に蹲《うずくま》りながら、同時に「ううん」と唸った。

開かない引き出し

麻四郎は散らかっている古道具の片付けをしながら、ちらちらと通りに目を注いでいた。

一

峰吉よりも早く客に声をかけるためである。しっかりと表に目を配っていないと、自分より先に峰吉が客を見つけてしまうのだ。

麻四郎がいるのは店の土間で、峰吉はそこを上がった作業場に座って壊れた古道具の修繕をしている。だから当然、店の出入り口に近い場所にいる麻四郎の方が先に客の応対に出られるはずなのだが、そうは問屋が卸さないのが峰吉という小僧なのである。

今日は店を開けてからこれまでに三人の客が皆塵堂にやってきたが、いずれも峰吉がその相手をしている。客が訪れたことに麻四郎が気づいた時にはもう峰吉は店先にいて、愛嬌《あいきょう》のある笑みを満面に浮かべて話しかけている、という具合だった。麻四郎は峰吉が自分のそばを通り抜けたことすら分からなかった。

——どうしたら峰吉より先に客を捕まえられるだろうか。

麻四郎は頭を捻《ひね》りながら作業場の方を見た。峰吉の向こうにある奥の座敷《ざしき》で、伊平次と清左衛門が何やら話をしているのが目に入った。

今日はこの後、麻四郎は伊平次と一緒に大伝馬町《おおでんまちょう》にある上総屋《かずさや》という木綿問屋へ古道具の引き取りに行くことになっている。八つ半（午後三時）頃に行くと告げてあるので、出かけるまであと四半時（三十分）といったくらいだろう。

——それまでに一回くらいは峰吉に勝ちたいが。

そう思った時、修繕中の古道具に目を向けていた峰吉がふっと顔を上げた。そしてかすかに口角を歪《ゆが》めて笑うと、再び手元に目を戻した。

どうしたのだろう、と麻四郎が首を傾《かし》げるのと同時に、表の方から「円九郎の馬鹿はいるかい」という大声が聞こえてきた。

聞き覚えのある声だった。棒手振《ぼてふ》りの魚屋の、巳之助だ。隣の米屋を覗《のぞ》いているらしい。

「ああ、そうですかい。いや、構いませんよ。また来ますから」

しばらくするとまた巳之助の声がした。続いて、こちらに向かってくる大きな足音が聞こえてくる。

「円九郎の野郎、どこかで怠けているみたいだな」

ぬっという感じで店先に大きな影が現れた。

「巳之助さん、いらっしゃい。円九郎さんに何かご用がございましたか」

麻四郎が問いかけると、別に大したことじゃないよ、と巳之助は笑った。

「今日は皆塵堂に用があって来たから、円九郎の方はついでに声をかけただけだ。えええと……」

巳之助はきょろきょろと店の中を見回してから作業場へ顔を向けた。

「おい峰吉、いらない板はないか。貰《もら》って帰りたいんだが」

「古くて汚れた板切れでも、削れば古道具の修繕に使えるからね。いらない物なんてここにはないよ。もし銭を出して買ってくれるって言うのなら、そこら辺にある売れない箪笥《たんす》を壊してでも作るけど。安くしとくよ」

「相変わらず商売熱心な小僧だな」

巳之助は苦虫を嚙《か》み潰したような顔で店の隅を見た。壁に付けるようにして簞笥がいくつか並んでいる。どれを壊すべきか見定めているようだ。

「おい巳之助、板を何に使う気なのかね」

清左衛門が奥の座敷から作業場へと出てきた。巳之助が驚いたような顔で老人へと目を向けた。

「おや鳴海屋のご隠居、いらっしゃったんですかい。ああ、珍しく伊平次さんもいる」

「お前、気づかなかったのかい。峰吉に声をかけた時に、ちらりと儂《わし》たちの方も見たような気がしたんだが」

「いや、あれは床の間にいる鮪助を見たんです。今日もちゃんと寝ているなぁ、遊びたいけど起こすのは悪いかなぁ、などと思いながら」

「猫がいると他のものは目に入らないってことか。いかにもお前らしい話だな……それで、板をどうするんだね」

「いえね、棚を吊《つ》ろうと思っているんですが……」

巳之助は店の隅へと目を戻した。

「……ここにある簞笥を二つ三つ壊そうかな」

「おいおい、いくつ棚をこさえる気だよ。板がたくさんいるなら儂のところへ来ればいい」

鳴海屋は材木問屋だから、当然板は山ほどある。

「お前にならただでやるよ。たまに野分に魚を持ってきてくれるからね。餌代だ」

野分、というのは清左衛門が飼っている猫である。雌の猫で、やたらと寝相が悪いと麻四郎は聞いている。一度見てみたいと思っているが、残念ながらその機会は訪れていない。

「うちの若い者に話しておくから、いつでも都合のいい時に取りに来なさい」

「そうですかい。それならお言葉に甘えて、明日にでもさっそく伺います。では俺はこれで」

「来たばかりでもう帰るのかね。浅草からここまで歩いてきたんだし、その前には魚を売り歩いている。さすがに疲れているだろう。ちょっと上がって休んでいけばいい」

「まったく疲れていませんぜ。せっかくここまで来たんだから、この後はついでに深《ふか》川《がわ》や本所界隈《ほんじょかいわい》の猫を見て回ろうと思っているんですよ。俺が知らないうちに新たな子猫が生まれているかもしれない」

それじゃ、と言い残して巳之助はあっという間に皆塵堂を出ていった。

「……まったく忙しい男だね」

呆《あき》れたように首を振りながら、清左衛門も奥の座敷へと戻っていった。その背中を途中まで見送ってから、麻四郎は峰吉へと目を移した。

——ふうむ、なるほど。

峰吉より先に客を捕まえる、うまい作戦が頭に浮かんだ。初めからそうすればよかったんだ、と思いながら麻四郎は土間の片付けに戻った。

床に転がっている簪《かんざし》や根付などを箱に入れるために腰を落とす。体の向きはこれまでとは反対だ。通り側には背を向け、作業場にいる峰吉が常に目に入るようにしている。

どうもこの小僧は耳が異様に利くようで、足音で客かどうかを判断しているらしい。人間離れしたその業に太刀打ちするのはとても無理だ。それなら、峰吉の動きで客が来たことを察すればいい、と考えたのである。麻四郎の方が出入り口に近い場所にいる。峰吉が立ち上がるのを見てから動き出しても、先に客に声をかけることができる。

——よし、次こそは峰吉に……。

勝つぞ、と思った途端に峰吉が顔をはっと上げた。通りの方へ目を向けながら腰を浮かす。

麻四郎は慌てて立ち上がった。笊《ざる》や桶《おけ》などの山にぶつからないようにうまくすり抜けながら出入り口へと向かう。

表に出ると、店のすぐ脇に立っている男の姿が目に入った。

「か、勝った……じゃなかった、いらっしゃいませ。何かお探しで……」

「おお麻四郎、真面目に働いているようだね」

「あっ、芝蔵さん」

神田の多町で居酒屋をやっている、親戚の芝蔵だった。

麻四郎のすぐ後ろで「ちっ」と舌打ちする声がした。振り返ると峰吉の後ろ姿があった。古道具を買いに来た客ではないと分かり、作業場へと戻っていくところだ。峰吉が立ち上がるよりも前に自分は動き出したはずなのに、こんなに近くまで迫ってきていたことに麻四郎は驚いた。

顔を戻すと、芝蔵もびっくりした顔をしていた。こちらは峰吉の様子が急に変わったことに対する驚きだろう。直前まで峰吉は、麻四郎の後ろで愛嬌に満《み》ち溢《あふ》れた笑顔を浮かべていたに違いない。

「芝蔵さん、いらっしゃい。今日はお呼び立てして申しわけありません」

　峰吉と入れ替わるように今度は伊平次が店の外へ出てきた。

「どうぞ奥へ入ってください。ああ、下に落ちている物を踏みつけないように気をつけてくださいよ。麻四郎がだいぶ片付けてくれたが、それでもまだたまに簪とかが落ちていますから」

　伊平次は先に立って店の中へと戻っていった。その後に続こうとする芝蔵を麻四郎は呼び止めた。小声で訊《たず》ねる。

「お呼び立てってどういうことですか」

「うむ……ちょっと前にうちの店へ伊平次さんがやってきてね。色々と話をしたんだ。お前がこの店で、少し運の悪い目に遭っているらしいこととか。実はね、お前が福芳を離れることになった頃から続いている不運について、私には心当たりがあるんだよ」

「は、はあ……」

「お前はまったく知らないことだけどね。今日はそのことを話しに来たんだ。もちろんお前もしっかり聞いておいた方がいい。お前の曾祖父に当たる人から代々、長男へと引き継がれている不運の話だ」

芝蔵はそれだけ言うと伊平次の後を追って店の中に入っていった。麻四郎は戸惑いながらその背中を見送った。

二

「……まずは私と麻四郎の繫《つな》がりについてお伝えしておきます。麻四郎の父親が甚三郎《じんざぶろう》という名で、その父親、つまり麻四郎の祖父が勘次郎《かんじろう》という人です。私はその勘次郎の弟である惣兵衛《そうべえ》の子供でございます」

芝蔵が話し始めた。聞いているのは麻四郎と伊平次、そして清左衛門だ。それともう一人、いや一匹、床の間にいる鮪助も話が始まるのと同時に芝蔵の方へ耳を動かしたので、もしかしたら聞き耳を立てているのかもしれなかった。

「私の祖父であり、麻四郎の曾祖父に当たるのが嘉一郎《かいちろう》という者です。その妻が多喜《たき》、という名の人でした。私の祖母で、麻四郎の曾祖母に当たります。これからするのは、私がまだ在所にいた、十二、三の頃にこの祖母から聞いた話です。今から三十年以上も前に耳にしたことですから、うろ覚えのところもございます。それについては何卒《なにとぞ》ご容赦願います」

伊平次がすっと立ち上がった。開け放ってある障子戸のそばまで行って再び腰を下ろし、煙草盆《たばこぼん》を引き寄せた。

「ああ、俺のことは気にしないで続けてください。なんか、爺《じい》さんとかひい婆《ばあ》さんとか色々と出てきて、話の本筋に入る前にくたびれちまっただけです。ここでちゃんと聞いてますから」

「左様でございますか。私の父親の惣兵衛の名を出したのがちょっとまずかったかもしれません。これは嘉一郎から始まって、長男へと代々引き継がれていることですから、惣兵衛と私のことは考えなくて結構です」

「ああ、それなら分かりやすくなるね」

清左衛門が口を挟んだ。

「嘉一郎さん、勘次郎さん、甚三郎さん、そして麻四郎と四代続いていて、最初の嘉一郎さんのおかみさんが、お多喜さんという人だ」

「はい、その通りです。それでは詳しい話を始めましょう。嘉一郎という人は若い頃、江戸の外れの寺島村《てらじまむら》にある、稲村屋《いなむらや》という名の料理屋で働いていました。元々は百姓家だった所を改築した、風光明媚《めいび》な土地に合った造りの店だったと聞いています。嘉一郎など住み込みで働いている者は店である母屋の奥の部屋で寝起きし、店主はその裏の木立に建てた別棟に一家で住んでいたのですが……」

この店主には一人娘がいた。年は十七で、美人で評判だった。しかも気立てがよく、働き者でもあった。朝早くから起き出し、女中たちと一緒に店の掃除をするような娘だった。

当然のように嘉一郎はこの娘に惚《ほ》れていた。いずれは娘と夫婦になり、この料理屋を継ぐことを夢想していた。

だが、それは叶《かな》わぬ夢だった。娘には親同士が決めた許婚《いいなずけ》がいたのだ。慶七郎《けいしちろう》という男で、木挽町《こびきちょう》にある大きな料亭の次男坊だった。

この慶七郎は、あまり評判がよくなかった。容姿はいいのだが、放蕩《ほうとう》者で、夜な夜な遊び歩いているという噂《うわさ》があった。いずれは稲村屋を継ぐことになるが、それにしては料理の腕が悪いという話も嘉一郎は耳にしていた。

しかしそれでも稲村屋は、その男を店の跡取りとして迎え入れるしかなかった。稲村屋の店主は若い頃にその木挽町の料亭で修業していたのだ。慶七郎の父親は料理の師匠なのである。

その上、稲村屋を出す時に金を出してもらってもいた。さらに、裏の別棟を造る際にも借金をしていた。だから慶七郎がどんなに評判の悪い男でも、今さら許婚の話はなかったことにしてくれ、などとは言えなかったのだ。

「……しかし当の娘は、その慶七郎のことを嫌っていたようです。許婚だということで、たまに慶七郎は稲村屋にやってきたらしい。娘はそんな時、頭が痛いだの何だのと適当なことを言ってほとんど顔を見せなかったとか。そして慶七郎が帰った後で嘉一郎を捕まえ、慶七郎についての愚痴をこぼしていたそうなのです。どうやら娘の方も嘉一郎に気があったようなのでございます。もちろん口には出しませんでしたが、そういうことは態度で伝わるものなのでしょう。元より娘に惚れていた嘉一郎は、それでますます思いを募らせました。そんなことが続いていたある日……」

嘉一郎は娘を連れて稲村屋から逃げた。

手と手を取り合って江戸を離れた二人は中山道《なかせんどう》沿いの熊谷宿《くまがや》へ向かった。稲村屋で働き始める前の一時期、嘉一郎は別の店で修業していたことがあり、その時の兄弟子が熊谷の地で飯屋をやっていたのだ。その伝手《つて》を頼ったのである。

わりと江戸から近場であるが、二人が見つかることはなかった。嘉一郎は裏で料理を作るだけで客の前には出てこなかったし、別の店で女中奉公を始めた娘の方も奥向きの仕事を手伝うだけでやはり表には姿を見せなかったからだ。

それともう一つ、熊谷宿の土地柄もあった。慶七郎自身が先頭に立ち、木挽町の店の若い衆や稲村屋の奉公人を連れて二人を捜し歩いたのだが、熊谷宿はざっと見回るだけで通り過ぎ、隣の深谷《ふかや》宿に泊まったのである。探索は一年近く続いたというから、中山道を通ることも数回あったが、そのたびに慶七郎は必ず深谷宿を選んだ。なぜなら、風紀が乱れるということで熊谷宿には飯盛《めしもり》女がいなかったからである。だから町自体は大きいが、そのわりには旅籠《はたご》屋が少ない、という宿場だった。一方で隣の深谷宿には飯盛女が多く、旅籠屋もたくさんある。遊郭もあって、それ目当ての旅人たちで大いに栄えていた。それで慶七郎は深谷宿に泊まったのだ。つまり、この男が放蕩者の遊び人であったことが幸いしたのである。

「……嘉一郎と娘が江戸を離れて二年後に、稲村屋は潰れました。店主は娘がいなくなったことで気落ちし、店を続ける気がなくなったのでしょう。それに料理の師匠であある慶七郎の父親に顔向けができないということもある。借金もしておりましたし。それで、稲村屋の建物をそっくりそのまま慶七郎に譲ったのです。店は名を替え、新しい料理屋になりました。もちろん店主は慶七郎ですが、この男自身は料理が下手です。結局、この店もすぐに潰れてしまいました。そして……」

慶七郎は自ら命を絶った。嘉一郎と娘へ呪詛《じゅそ》の言葉を吐き、七代祟《たた》ってやると言い残して己の首を刃物で掻《か》っ切《き》ったという。

「ここまで聞いた限りでは、慶七郎は自害するような男だとは思えないかもしれません。どうやら許婚の娘に逃げられてから周りの見る目が変わり、それに伴って慶七郎も歪んでいったようなのです。格好ばかり気にしていた男だったそうですからね。それに何より、父親から見放されたというのがある。稲村屋を慶七郎に譲るように話をつけたところまでは面倒を見たが、その後は父子の縁を断ったようです。そうなると木挽町の店の奉公人たちとの付き合いもなくなります。前のように金が入ってこなくなりますから、金の切れ目が縁の切れ目で、遊び仲間からも見捨てられた。当然、遊び先の女たちも相手をしなくなる。稲村屋から受け継いだ店で稼げればいいのですが、同業の者たちからの評判は元より悪いので、腕のいい料理人は雇えない。そんな感じで周りからどんどん人がいなくなっていき、追い詰められた挙げ句の自害、というものだったらしい」

慶七郎が亡くなったことは熊谷にいる嘉一郎たちの耳にも入った。さすがにこれで自分たちを捜しに来ることはなくなるだろうと胸を撫《な》で下《お》ろした。

それでも二人はしばらく隠れるようにして暮らし続け、三年ほどが経《た》ってから、ようやく夫婦になったという。

「もうお分かりのように、この娘が私の祖母であり麻四郎の曾祖母である多喜です。

嘉一郎と多喜は熊谷宿で飯屋を開きました。やがて勘次郎という子供も生まれ、落ち着いた暮らしができるようになったのですが……」

嘉一郎やその子供の勘次郎、さらに後に生まれた孫の甚三郎は、不運を背負うようになった。例えば店で雇った奉公人に金を持ち逃げされたり、知り合いに貸した金を踏み倒されたり、といった具合だ。怪我《けが》を負うこともしょっちゅうである。

しかしその不運は、一つ一つを見ると決して大きなものではなかった。持ち逃げされたり踏み倒されたりした金は、額自体はさほどではなかったし、怪我も大したことはなかった。しかしそういう小さな不運が続けて起こるのである。

「……初めに申し上げたように、私はこの話を祖母の多喜から聞いたのですが、その時、麻四郎の父親の甚三郎も一緒にいました。甚三郎の父親の勘次郎、そして私の父の惣兵衛は知らないと思います。二人には内緒にするように、と祖母から言われた覚えがありますので。ですから、どうも運の悪い家系だな、と感じている者はいるでしょうが、それが呪いによるものだということまで知っているのは、私と甚三郎だけなのです。麻四郎も初めて聞いたことだろうから、驚いているだろうね」

芝蔵は麻四郎の顔を見た。

麻四郎は頷《うなず》いた。まったく初めて聞く話だった。曾祖父母はもちろん、祖父母ももう亡くなっている。惣兵衛はまだ生きて熊谷にいるが、この大叔父が知らないとなると、本当に今の話を知る者は父親の甚三郎とこの芝蔵だけなのだろう。

「それをこうして皆さんにお伝えしたのは……」

芝蔵は麻四郎から目を離した。清左衛門の顔と、部屋の隅で煙草を吹かしている伊平次を交互に見ながら話し始める。

「……恐らく、例の不運がこの麻四郎の身にも起こるようになったと考えられるからです。慶七郎が死んだ時、嘉一郎は今の麻四郎と同じくらいの年でした。そのためだと思いますが、勘次郎や甚三郎の時も、だいたいそれくらいの年になったあたりで不運に見舞われるようになったのです。麻四郎の場合は、その始まりは勤めていた福芳という店の勝手向きが苦しくなったことでしょう。つまり不運は必ずしも麻四郎の身だけに起こるのではなく、それに関わる周りの者にも累が及ぶ、ということになります。それで皆塵堂さんにも伝えねばならない、と思ったわけでございます」

清左衛門が「ううむ」と唸《うな》り声を上げ、難しい顔をして腕を組んだ。伊平次は「ふうん」と気の抜けたような声で言い、間の抜けたような顔で口から煙を吐き出した。

「……祖母からこの話を聞いた甚三郎は悩みました。長男で、呪いを受ける身ですからね。そのため寺で加持祈禱《きとう》を受けるなど、色々と試したようです。しかし甚三郎は呪いから逃れることはできず、二十六、七くらいの年から様々な不運に見舞われて参りました。そこで甚三郎は、麻四郎には飯屋を継がせないことにしたのです。長男であるが、家から出したわけです。もしかしたらそれで麻四郎は呪われずに済むのでは、と考えたわけですが、どうやら駄目だったようです」

芝蔵は再び麻四郎を見た後で、力なく首を振った。

「私が麻四郎に、しばらくは振り売りなどをするように、と言ったのは、なるべく周りの者に迷惑をかけないようにしなければ、と考えたからです。しかし麻四郎はこうして、皆塵堂さんで働き始めた。私もその話を聞いた時に止めればよかったのですが、福芳の件だけではまだ例の呪いによる不運が始まったと言い切れませんので、少し様子を見てしまった。いや、本当に申しわけありません」

芝蔵は清左衛門に深々と頭を下げた。続けて伊平次の方を向いて、やはり頭を下げようと手をついた。しかしその前に伊平次が大きく開いた手を前に出して芝蔵を止めた。

「俺に謝ることなどありませんよ。不運に見舞われているのは麻四郎一人だけです。こちらは何一つ迷惑を被っていない。むしろ麻四郎が来てくれたお蔭《かげ》で、楽ができて助かっているくらいなんだ」

「今のところはそうかもしれない。しかしこの先もそうであるとは限りません。これ以上、麻四郎をここに置いておくわけには参りません」

芝蔵の言葉に麻四郎は大きく頷いた。話を聞いてしまったからには、皆塵堂から出ていくしかない。

「それで、どうする気ですかい」

「私の店で働かせます」

芝蔵はきっぱりと言った。しかしこの言葉には、麻四郎は心の中で首を振った。それでは芝蔵の店に迷惑をかけてしまう。自分は元のように、酒や塩の振り売りをした方がいい。

「ああ、誤解しないでくださいよ」

麻四郎の顔をちらりと見た後で芝蔵は言葉を継いだ。

「確かに他の店に迷惑をかけないために引き取る、というのはあります。しかし私自身は決して、麻四郎は厄介者である、などと考えてはいません。料理の腕はあるし、人当たりもいい。麻四郎なら、慶七郎の呪いを受けながらも、それを乗り越えてうちの店を繁盛させられると信じています。だからさっさとうちで働いてもらえばよかったんだが、もうしばらくは女房と二人で店を続けたい、と私が麻四郎に言ったのは本音でございまして。それでまあ、こうして動きが遅くなってしまったというわけで……」

芝蔵は頭を掻いた。

「ふふん」

伊平次が軽く笑うような声を出してから清左衛門へと目を向けた。

「ご隠居はどう考えているんですかい。麻四郎は……呪われているみたいですが」

「儂は今の話を聞いて、正直ほっとしたよ。麻四郎のようなまともな者がこんな店で働いていていいのだろうか、と申しわけなく思っていたからね。得心がいった。さすが皆塵堂で働き続けるだけのことはあると」

「やはりそうですか」

「麻四郎の身に降りかかっているのは、小さい不運が続く、というものだ。そんな嫌がらせ程度の呪いでは、お前と峰吉はびくともしないだろう」

清左衛門は芝蔵に向かってにっこりとほほ笑んで見せた。

「仲の良《い》いご夫婦のようで、まったく結構なことです。どうぞこれからも二人で店を続けてください。麻四郎がここを出る必要はない。なに、心配はいりません。この皆塵堂の奉公人は、呪われているくらいでちょうどいいんですよ」

「しかし、それではこちら様に迷惑がかかってしまうかもしれません。例えば、金回りが悪くなって店が傾いてしまうとか。古道具屋では、麻四郎の料理の腕で挽回《ばんかい》することはできませんから」

「ここはとっくに傾いていますよ。それどころか、見方によってはもう潰れている」

清左衛門は楽しそうに声を立てて笑い、それから麻四郎に顔を向けた。

「儂は伊平次から店賃《たなちん》を貰ったことなど一度もないよ。それにここでは晩飯を近くの一膳飯屋で食うようになっているだろう。伊平次が盆暮れにその支払いをしているんだが、いつも足りないらしい。それを埋め合わせているのは儂だ」

「あ、そうなんですか……」

あまり稼いでいないようだが平気なのだろうか、と心配していたが、納得がいった。

「それから裏の飯炊き婆さんへの礼金も儂が払っている。たまに米代が足りなくて支払えないことがあるようだが……隣の米屋も儂が家主だからね。店賃を安くすることで勘弁してもらっている」

「ははあ、なるほど」

「つまり、この皆塵堂は麻四郎にかかっている呪い程度じゃびくともしないんだ。潰せるものなら潰してみろと言いたくなるよ。ぜひお願いしたいくらいだ。まあそんなわけで……」

清左衛門は芝蔵へと顔を戻した。

「麻四郎はこのまま皆塵堂に置かせてもらいますよ。先ほど伊平次が言ったように、麻四郎がいることで本当に助かっていますのでね」

「はあ、左様でございますか。申しわけありません。それではご迷惑かと存じますが、どうぞよろしくお願いいたします」

芝蔵は清左衛門に向かって、深々と頭を下げた。

三

これまでのことを甚三郎に知らせておきたいからしばらく店を閉めて熊谷へ行ってくる。もしかしたら自分たちの他にも呪いのことを知っている人がいるかもしれないから、ついでに探してみよう。そう言い残して芝蔵は帰っていった。

それからすぐに清左衛門も皆塵堂を出ていった。明日、巳之助が板を取りに来ることを忘れないうちに鳴海屋の若い者たちに伝えておかなければ、とのことだった。

さらに続けて、伊平次も立ち上がった。用事が終わったから釣りに行ってくる、と嬉《うれ》しそうに言った。

自分に降りかかっている呪いの話を初めて聞かされて、暗澹《あんたん》たる気持ちで呆然《ぼうぜん》としていた麻四郎は、その言葉ではっと我に返った。

「あの……上総屋さんの仕事はどうなさるおつもりですか」

「何だっけ、それ」

伊平次は忘れていたようだ。

「大伝馬町にある木綿問屋の上総屋さんです。今日の八つ半に古道具を引き取りに行くと約束しておりましたが」

「ああ、昨日の晩、そこの店主が自ら仕事を頼みに来たのは覚えがあるな。ええと、何を引き取れと言われたんだっけか」

「鏡台です。ついひと月ほど前に知り合いから買ったが、もう駄目になってしまったとか」

上総屋の十八になる娘が使っている鏡台の引き出しが開かなくなってしまったらしい。店にいる奉公人の男たちが大勢で力を込めて引っ張っても、まったく動かないそうだ。

引き出しの中身を出すためには壊すしかない。しかし大した物は入っていないし、鏡台そのものは良い品なのでもったいない。それで、皆塵堂に引き取ってくれと頼みに来たのである。

「確か、ただでいいから持っていってくれと言っていたな」

「はい。そこは少し妙に感じますが」

それなら壊して中身を出した方がいいと思う。損得で考えるなら、その方が間違いなく得だ。商人である上総屋が、はたして損をする方を選ぶだろうか。

「うちに頼みに来るくらいだから、多分、何かある品なんだろうよ。まあ、いずれにしろ鏡台なんてそう大きな物じゃない。お前一人でも持って帰ってこられるだろう」

「は、はあ……平気だと思います」

「不安そうだな。まあ、呪いの話を聞かされた後ということもあるし、確かに一人で行かせるのは俺も少し心配だ。それなら……おおい、円九郎」

急に伊平次が障子戸の外に向かって大声を出した。

「隠れているのは分かっているんだから出てこいよ」

「なんだ、気づいていたんですかい」

円九郎が頭を掻きながら、皆塵堂の建物の陰から出てきた。

「さっき芝蔵さんを迎えに出た時、作業場で峰吉が俺に耳打ちしたんだよ。お前、巳之助の声が聞こえたのと同時に米屋の裏口から外に逃げたそうだな。その後、うちの裏に回ってきた。その足音を峰吉が聞いているんだ」

「どんな耳をしてるんだ、あの小僧は」

呆れたように呟《つぶや》きながら円九郎が作業場の方を覗いた。麻四郎もそちらを見ると、峰吉は何食わぬ顔で古道具の修繕を続けていた。

「……円九郎、どうせ米屋の仕事を怠けているんだから、ついでに麻四郎と一緒に古道具の引き取りに行ってくれ」

「は？　嫌ですよ。どうしてこの私が、こんな呪われ男と……」

「お前だってしっかりと盗み聞きしているじゃないか。呪われ男なんて酷《ひど》いこと言っているが、お前よりはるかにましだよ。呪われたのは曾祖父母のせいで、麻四郎自身は何もしていないからな。その点、お前は自らの手で賽銭《さいせん》泥棒をしたことがある。だからむしろお前の方が神様の祟りを受けるべきだ。いや、そもそもそんなことをするやつは、もはや呪いとか祟りとかに関わりなく死んじまえ、と思うぞ」

「伊平次さん……酷《ひで》ぇよ」

円九郎はがっくりと肩を落としながら、障子戸のそばの座敷の縁側に腰を掛けた。

「今の私はもう、心を入れ替えてちゃんとやっているんですよ。力が弱くてふらふらしていますが、それでも毎日米俵を運んでいます。確かにさっきは仕事を放り出して巳之助さんから逃げ出してしまいました。しかしそれは……巳之助さんだからです」

「ううん……」

伊平次と麻四郎は同時に唸った。まったく理由になっていない言い訳だが、なぜか納得できる。

「それにあの芝蔵さんという人の話に聞き耳を立てていたのは、私なりに麻四郎さんのことを気にかけていたからです。こんな真面目な働き者がどうして皆塵堂みたいな店で働く羽目になってしまっただろうか、本当に可哀想《かわいそう》に、と密《ひそ》かに胸を痛めていたのですよ。そのわけが分かりそうだったので、早く仕事に戻らなければいけないと思いつつ、動けずにいたのです」

「で、その可哀想な麻四郎のことを『呪われ男』と言い放った」

「いや、それは……つい口を滑らせて」

「辰《たつ》さぁん」

伊平次が大声で怒鳴った。隣の米屋の親父《おやじ》の辰五郎《たつごろう》に呼びかけたのだ。少し間があった後で、「なんだぁ」という返事が隣から聞こえてきた。

「ちょっと円九郎を借りますよぉ」

「おう、煮るなり焼くなり好きにしていいぜぇ」

伊平次は円九郎に、にやっという笑顔を向けた。

「決まりだ。麻四郎と一緒に鏡台を取りに行ってくれ」

「ま、待ってください、伊平次さん。そ、それだけはご勘弁を」

円九郎は外から上半身だけ座敷に倒し、片腕を伊平次の方に伸ばしながら懇願した。

「皆塵堂で働く呪われた男と一緒に、引き出しが開かないからただで引き取ってくれと言われている鏡台を取りに行く。これ、もう何か出ると決まっているようなものじゃありませんか」

「うむ。楽しみだな」

円九郎は伸ばしていた腕をばたりと畳の上に落とした。うつ伏せになり、両方の手を頭の横に置く。どうやら伊平次に向かって頭を下げているという形のつもりのようだ。

「今度こそ私は、本当に心を入れ替えて真面目に働きます。片時たりとも仕事を怠けたりいたしません。ですから、何卒お許しを」

伊平次が麻四郎の方に顔を向けた。軽く目配せしてから話し始める。

「確かその鏡台は、上総屋さんの十八になる娘さんの持ち物だったな」

「は、はい。その通りでございます」

「仕事を頼みに来た上総屋さんは、なかなかの男前だった。きっと娘さんも美人なのだろう」

「は……はい。私もそう思います」

上総屋が特に男前だとは感じなかったが、さすがに異を唱えるのは娘に失礼なので、麻四郎は小さく頷いた。

「娘さん……上総屋さんはその名前も言っていたような気がするが忘れちまった。何だったかな」

「お加代《かよ》さん、だったと思います」

「そうだ、お加代ちゃんだ。それから上総屋さんは他に息子もいるらしいな。跡取り息子が頼りないと零《こぼ》していた」

「左様でございました」

これは確かに言っていたので麻四郎は大きく頷いた。

「つまり、お加代ちゃんは余所《よそ》に嫁に出すつもりのようだ。しかし、まだ決まった相手はいないみたいだな」

　これはあくまでも伊平次が勝手にそう思っているというだけの話である。上総屋は、そんなことは言っていなかった。

「え、ええと、それは……」

　目の端で円九郎がぴくりと動くのが見えた。どうやら娘に興味を持ったようだ。ここは伊平次に調子を合わせるべきなのだろう。しかし麻四郎は嘘《うそ》をついたり、適当なことを言って誤魔化したりするのは苦手なので、言い淀《よど》んでしまった。

「上総屋さんは、新しい鏡台をもう買ってしまったと言っていただろう」

「ああ、はい。それは確かに」

　これには強く頷いた。壊れたのならうちのをどうですか、と峰吉が皆塵堂にある鏡台を上総屋に売りつけようとした。その時に上総屋がそう言って断ったのだ。

「引き出しが開かなくなっただけで、鏡台としてはまだ使える。それに母親のものもあるはずだ。そもそも、その鏡台だってついひと月ほど前に知り合いから買った物だという。そんなにぽんぽんと鏡台を買い替えるってことは、上総屋さんがお加代ちゃんを目に入れても痛くないほど可愛《かわい》がっているってことなんだよ。多分、その旦那になる人も、厳しい目で探すと思うんだ。上総屋にはもう店を継ぐ息子がいるんだから、慌てることなく、じっくりと娘の相手を見つけるだろう。それで、まだ決まった相手がいないと俺は思うわけだ」

「はあ……」

それはどうかな、と麻四郎は首を傾げたが、円九郎は疑っていないようだ。少しずつ頭が持ち上がっている。

「余所に嫁に行くなら、ちゃんと家を持っていた方がいいな。相手はきっと、どこかの店の跡取りとかになるはずだ」

円九郎が体を起こした。心なしか顔がきりりと引き締まっている気がする。

「伊平次さん。麻四郎さんと一緒に上総屋さんに行く話、承知いたしました。ああ、誤解しないでください。決しておくのです。麻四郎さんを一人にするのが心配だからついて行くのです。呪いの話を聞いたばかりで心を痛めているでしょうからね。決してお加代さん目当てではありません」

「分かった。よろしく頼んだよ」

「お任せください。それではちょっと隣に戻って、仕立てのいい着物に替えて参ります。あと顔を洗って、髭《ひげ》も剃《そ》って……」

円九郎は踊っているかのような足取りで、ふわふわと裏手の方に消えていった。その姿を見送った後で、伊平次が小さな声で「馬鹿だねぇ」と呟いた。

四

上総屋は表通りに面した立派な構えの大店《おおだな》だった。

麻四郎と円九郎は、当然のように店の裏口へと回らされた。不満たらたらの円九郎を横目に麻四郎は戸を開け、奥に向かって声をかけた。

出てきたのは店の手代と思われる若い男だった。古道具屋だと告げると、ぞんざいな手ぶりで横の方を指差した。そちらを見ると、裏口の土間を上がってすぐの板の間の隅に鏡台が置かれているのが目に入った。

引き出しが二段ある、一尺ほどの高さの小さな箪笥のような形だ。その上に二本の棒が立っており、そこに手鏡を嵌《は》め込《こ》んで使うようになっている。少し年季が入っているように見えたが、物は良さそうだった。

「こちらが古道具屋皆塵堂の麻四郎さんです」

突然、円九郎がすぐ目の前にいる手代に向かって、なぜか大声で告げた。

「私は手伝いに来ているだけの者でして。皆塵堂さんとはちょっとした知り合いで、今日はどうしてもと頼まれたので一緒に参ったのでございます。松田町にある安積屋という紙問屋の倅《せがれ》の、円九郎と申します」

どうやら円九郎は、家の中のどこかにいるであろう娘のお加代に聞こえるように喋《しやべ》っているようだ。

付き合っている暇はない。戸惑っている手代を少し気の毒に思ったが、麻四郎は二人から離れて鏡台へと近づいた。

「こちら様とは商売が違うからご存じないかと思いますが、安積屋は結構大きな紙問屋でしてね。いずれ私はそこを継ぐことになっておりまして」

耳障りな声を聞きながら、麻四郎は引き出しについている引手に指をかけた。そっと引いてみたが、聞いていた通り動かなかった。

何かが引っかかっているような感じだ。力を込めて強く引っ張ったが、それでもやはり開けることができない。

「店を継ぐとなると、しっかりと家の中を守ってくれる、きちんとしたかみさんが欲しいものです。しかしなかなか良縁に恵まれません。そもそも父がのんびり屋なのか、まったく縁談を持ってきてくれないものでして」

それは勘当されている最中なのだから当然でしょう、と思いながら麻四郎は鏡台を揺すってみた。引っかかっている物がうまい具合に外れてくれれば、と考えたからだが、その気配はなかった。

麻四郎は不思議に思った。揺すった時に音がしなかったのだ。上に立っている棒には今、手鏡は嵌め込まれていない。だからきっと引き出しの中に入っているに違いないと思っていたのである。それなら必ず音が立つはずだ。

「これはもう、私が自ら嫁さんを探し歩くしかありません。いやぁ、困ったものです」

円九郎さんの話を聞かされている手代さんの方が困っていると思いますよ、と心の中で呟きながら、麻四郎は鏡台を持ち上げてみた。

作りがしっかりしているので、ずっしりと感じる。しかしそれは鏡台自体の重みであり、引き出しの中に何か重い物が入っているわけではなさそうだった。

鏡台を床に下ろしながら、さてどうしたものかな、と麻四郎は首を傾げた。

ここで引き出しを開ける必要がないことは分かっている。しかし中には手鏡の他に、簪や櫛《くし》なども入っているかもしれない。大した物ではないと上総屋は言っていたが、もし開いたら念のためにそれらも持っていっていいか訊ねようと麻四郎は考えていたのである。

だが、どうやら無理なようだ。仕方がないからこのまま皆塵堂に運ぶことにしよう、と諦めた時、家のどこかで可愛らしい声がした。手代を呼ぶ、若い女の声だった。

円九郎の相手をしていた手代が返事をして廊下を歩いていった。その背中を見送っていると、廊下の途中にある部屋の襖《ふすま》の前で立ち止まった。

襖が開き、娘の顔が少しだけ覗いた。横からだったのと、娘が着物の袖で顔を隠すようにしていたのでちらりとしか見えなかったが、なかなかの美人のようだと感じた。

しばらくすると襖が閉じ、手代が廊下を戻ってきた。

「自分の使っていた鏡台を引き取りに来てくださったのだから、挨拶に出たいとお嬢様が申しております。ただ、身支度をしているので少し待っていただきたい、とのことです」

「お待ちいたしましょう、何年でも」

円九郎がきりりとした顔で告げ、それから麻四郎のいる、鏡台のそばに近づいてきた。

「確か引き出しが開かなかったのでしたね。この私に任せてください」

相変わらず円九郎は声が大きい。多分、上総屋の奉公人たちが大勢でかかっても駄目だった引き出しを開けて、お加代にいいところを見せよう、という魂胆に違いない。どうせ駄目だろうけど、と思いながら麻四郎は場所を譲った。

円九郎が引手に指をかけた。力を込めて引いたようだが、やはり引き出しは少しも動かなかった。

「ふむ」

円九郎は鏡台の前に座り込んだ。引き出しの下の段に足をつけて押すようにしながら、上の段の引き出しを手で引っ張る。しかしそれでも開く気配はなかった。

「参ったな」

廊下の方へ目をやりながら円九郎が呟いた。早くしないとお加代が出てきてしまう、と焦り始めている様子が窺《うかが》える。

「麻四郎さん、申しわけありませんが、後ろ側から押さえていてくれませんか」

「はあ、分かりました」

麻四郎は鏡台の裏側に回り、円九郎と同じように座り込んだ。膝で挟むようにして鏡台を支える。

円九郎はまた下の段に足をつけ、踏ん張りながら上の段の引き出しを引っ張った。

「おっ、もしかしたらいけるかもしれない」

「……円九郎さん。こんな時に何ですが、よろしいのですか」

「何のことでしょうか」

「呪われている私と一緒に、皆塵堂の仕事でここへ来ているのです。もし開けたら、中に何かよからぬものが……」

「わ、忘れてた」

その時、廊下の方で襖が開く音がした。部屋からお加代が出てくる気配がする。

「ええい、ままよ」

円九郎が渾身《こんしん》の力を込めて引き出しを引いた。

これまでと違い、難なく引き出しが開いたように思えた。多分そのためだろう。円九郎が尻で向こうへと滑っていった。

同時に、円九郎が持っている抜き出された引き出しから灰色の細長い塊が飛び出した。

髪の毛の束だった。黒い中に白いものもたくさん混じった、老齢の女の髪だ。

引き出しから飛び出した髪の塊は毛先をたなびかせながら円九郎の方へと飛んでいく。

円九郎と、その後ろに立って様子を眺めていた手代がそろって悲鳴を上げた。二人とも目を大きく見開いている。その様子から、麻四郎は二人が何を見ているのかを咄《とっ》嗟《さ》に悟った。麻四郎の側からは髪の毛の束にしか見えないが、向こう側には恐らく顔がついているのだろう。

髪が円を描くようにぶわっと大きく広がった。円九郎を包み込むような動きを見せる。

円九郎は必死の形相で飛んできたその髪の毛を手で振り払いながら、ごろごろと横に転がった。後ろに立っていた手代もちょうどそちらへ避けたところだったので、二人はぶつかってしまった。手代が円九郎の上に覆《おお》い被《かぶ》さるように転ぶ。

二人はもつれ合いながら、仲良く裏口の土間へと落ちた。

廊下の向こうからお加代の姿が現れたのは、ちょうどその時である。

少し白粉《おしろい》が濃い気もするが、かなりの美人だった。冷たい目で円九郎と手代を見下ろしているので余計にそう感じる。

「今日はわざわざ鏡台を引き取りにきてくださって、ありがとうございました」

お加代は円九郎たちから目を逸《そ》らし、麻四郎に向かって言った。それから足下へと目を落とした。

麻四郎も床を見た。不思議なことに、あれだけの量の髪の毛がすっかり消えていて、どこにも落ちていなかった。もちろん、人の顔らしきものもない。その代わりに、櫛と簪が床の隅に転がっていた。

多分、お加代の目には引き出しから出てきた髪の毛は入っていなかっただろう。二人の男が抱き合っているところを見ただけに違いない。

「その櫛と簪も引き取ってくださって構いませんよ」

お加代は麻四郎にそう告げると、円九郎には目もくれずに廊下を戻っていった。

襖がぴしゃりと閉じられると同時に、「ううう」という円九郎の声が土間から聞こえた。

麻四郎は例の鏡台を背負いながら、皆塵堂への道をとぼとぼと歩いている。

隣には、土間に落ちたのとは別の上総屋の若い奉公人がいる。円九郎はその背中だ。腰を抜かしたので背負ってもらっているのだ。

「……ああ、お加代さんにとんでもないところを見られちまった。男好きだと誤解されたに違いない」

帰る道々、円九郎はずっと嘆き続けている。ちょっとうるさかった。

「それにあの婆さんの顔。間違いなく夢に出てくる。あああ……」

どうやら円九郎たちが見たのは老婆の顔だったらしい。そんなものが引き出しから飛び出して目の前に迫ってきたら誰だって腰を抜かす。円九郎を気の毒に思いつつ、自分は反対側にいてよかったと麻四郎は安堵《あんど》した。

「あああ、これでお加代さんとの縁はなくなった。美人だったのに……」

勘当の身なんだから、初めからそんなものはなかっただろうに、と麻四郎は思ったが、それを口にすることはなかった。上総屋の者がいるからだ。もしかしたらこの後すぐに勘当が解けて、なんてこともあり得ないことではない。だからと言って、お加代と円九郎がどうにかなるとは思えなかったが。

「それにしてもあの婆さんの顔。すんでのところで消えたからよかったが、もう少しで私の顔にその唇が……あああ」

なるほどそれは嫌だな、と麻四郎は身震いした。

「……麻四郎さん、黙ってないで私を慰めてくださいよ。もうね、立ち直れないくらい酷い目に遭ったんだから」

「はあ」

面倒臭い人だな、と思いながら麻四郎は考えを巡らせた。

「ええと……円九郎さんは確かに老婆の顔に迫られて腰を抜かしてしまいました。しかし、その前までの円九郎さんはすごく格好が良かったと思いますよ。怖がることなく引き出しを開けようとした」

「あれは、怪しい鏡台だというのを忘れていただけで」

「本当に臆病者だったら、忘れるなんてことはできないはずです。私は、円九郎さんはそれなりに度胸が備わっている人だと思います」

「そうですかねぇ……」

円九郎はちょっと嬉しそうだった。

「それから、引き出しを引っ張る様子を見た時に感じたのですが、円九郎さんは私より力がありそうです。やはり米屋の仕事をしているからか、かなり逞《たくま》しくなっているのではないでしょうか」

清左衛門は相変わらず円九郎は非力だと思っているようだが、それは巳之助や、米屋の辰五郎のような者と比べてしまっているからではないだろうか。米俵を担いだままで後ろ向きに近所を一周したり、弓なりの体勢のままで盗み聞きをしたりするのは、相当の力がないとできないことだと麻四郎は思っていた。

「ああ、ばれてしまいましたか。実は自分でもそう感じていたんですよ」

上総屋の若者の背中で、円九郎はふふふ、と笑った。機嫌がよくなったようだ。御しやすい人だ、と麻四郎は思った。しかし馬鹿にしたわけではなかった。円九郎に告げた言葉はすべて本心から出たものだったのだ。

伊平次や清左衛門、それに峰吉から円九郎の人となりを聞くと、ものすごく駄目な人のよう感じてしまう。しかし実際には、結構な能力が備わった人なのではないだろうか。

——ただし、それが出るのは近くに若い娘さんがいる時に限るようだけど……。

使いようが難しい人だ、と麻四郎は横目で円九郎を見ながら、ふうっ、と溜息《ためいき》をついた。

のろいか

一

麻四郎は重い足を引きずるようにのろのろと歩いて、皆塵堂へと向かっていた。

ここ数日、朝早くから歩き回っている。足取りが重いのはその疲れも当然あるが、それよりも心が沈んでいることが大きかった。目当てのものが見つからないのだ。

麻四郎が探しているのは、己の不運の元となった慶七郎という男の家である。芝蔵の話では、木挽町にある料亭ということだった。屋号までは聞いていないが、人に訊《たず》ねて回れば分かるかもしれない。そうすれば慶七郎が弔われている寺も分かり、墓参りができる。

もちろんそんなことで代々続く呪いが消える、などという虫のよいことは考えていない。ただ、その慶七郎の死に祖先が関わっているからには、せめて墓に手を合わせるくらいはしておかなければいけない、と思っただけである。それで、伊平次に頼んで外を回らせてもらっているのだ。だから大きな蔵のある家があれば「売りたい物はありませんか」と声をかけるなど、一応は古道具屋としての仕事もしていた。

しかしここまでのところ、すべて無駄足に終わっている。碌《ろく》な古道具が買い付けられないのはともかくとして、慶七郎の生家の料亭も一向に見つからないのだ。木挽町のみならず、三十間堀川《さんじつけんほりかわ》を渡った先にある町々も歩いたが、店はおろか、知っている、という者にさえまったく会えなかった。

そこで今日は目先を変えて、向島の寺島村に足を伸ばしてみた。曾祖父が修業していたという料理屋を調べたのだ。こちらは慶七郎が引き継いだ後ですぐに潰れてしまったという話だった。しかしそれでも曾祖父がいた頃の稲村屋という屋号が分かっているので、その土地に長く住んでいる年寄りに訊ねれば知っている人がいるかもしれない。そこから慶七郎までたどり着けないだろうか、と考えたのである。

だが、やはり駄目だった。かなり昔の話なので、さすがに知っている者が見つからなかったのだ。

昼飯時に近づいたこともあり、麻四郎は寺島村を引き上げた。その辺りは田畑ばかりの土地なので、訊《き》けるような家はすべて回ってしまったように思える。だからいったん皆塵堂に戻って腹ごしらえを済ませたら、また木挽町の方を歩き回ってみるつもりだった。

——だけど、そっちの料亭も潰れていそうだな。

ここまで誰も知らないとなると、それもかなり前のことだろう。慶七郎が首を掻っ切ってからさほど経《た》っていない時期のことかもしれない。そうなると稲村屋同様、知っている者を探すのは難しい。

麻四郎は、ふう、と一つ大きく息をつき、ようやくたどり着いた皆塵堂の店先を眺めた。

大八車が置かれている。隣の米屋が使っているのとは別の物だ。積まれているのはいくつもの箱で、中身は見えない。

古道具を売りに来た客がいるのかな、と考えながら麻四郎は皆塵堂の戸口をくぐった。

「おおう、やっと帰ってきやがったか」

店の中から大きな声が聞こえてきた。驚いて奥の座敷《ざしき》を見ると、声ばかりでなく顔や体、さらには麻四郎を手招いている身振りまで、何もかもが大きい男がいた。

棒手振《ぼてふ》りの魚屋の、巳之助である。

「いやあ、聞きましたぜ。麻四郎さん、呪われてるんだって？」

「は、はあ……」

座敷には清左衛門もいた。どうやら巳之助はこの老人から話を聞いたようだ。

「ご迷惑をおかけします」

麻四郎は首をすくめながら作業場に上がった。店の中に伊平次の姿がないのはいつものこととして、必ずいるはずの峰吉が見当たらなかった。妙に思いながら隣の部屋を抜けて奥の座敷に入ると、麻四郎の顔色を読んだらしく清左衛門が口を開いた。

「峰吉なら裏の蔵にいるよ」

「左様でございますか」

「それからね、伊平次は釣りじゃないよ。お前がいない間に芝蔵さんがやってきてね」

「ああ、江戸に帰ってきたのですね」

熊谷はわりと近い場所だが、思ったより戻るのが遅かった。呪いに関して知っている人を数日かけて探し回ったのだろうか。麻四郎は申しわけなく思った。

「それは、留守にしていて悪いことをしました」

「今日ここに来ると知らなかったんだから仕方あるまい。気に病むことはないよ。それとね、芝蔵さんの他にもう一人いた。芝蔵さんは自分の父親を在所から連れてきたんだよ」

「惣兵衛さんですね」

「うむ。芝蔵さんは、惣兵衛さんは呪いについて何も知らないと思っていた。しかし麻四郎から見ると祖父の弟に当たる人だ。大叔父である。

違ったらしいんだ。知っていることを語るために熊谷から出てきたんだよ」

「そうなんですか。江戸まで歩いてくるのは大変だったでしょうに」

麻四郎はますます申しわけない気持ちになった。

「足を痛めたりしていなければいいのですが」

「熊谷からなら朝早く出れば翌日には江戸に着く。つまり一泊で済むわけだが、惣兵衛さんと芝蔵さんは途中で二泊してのんびりと歩いてきたそうだ。それに着いたのは昨日で、昨夜は芝蔵さんの家でゆっくり休んだと言っていた。だから平気そうな顔をしていたよ。特にどこか痛そうな様子は見えなかったな。元々、足腰が達者な人なのだろう。麻四郎が皆塵堂に戻ってくるのは昼飯時になるだろうから、それまで富岡八幡宮の見物をしたいと言ってね。それで今、伊平次が二人を案内しているところなんだ。そろそろ帰ってくるんじゃないかな」

麻四郎は安堵《あんど》の息を吐き出した。

「それを聞いてほっとしました。無事でよかった。私に関わると碌でもない目に遭うんじゃないかと心配したものですから。何しろ、私は呪われているわけで……」

「そうだ、呪いだっ」

巳之助が急に大声を出した。

「ご隠居から話を聞いて思ったんですけどね。麻四郎さん、それ本当に……呪いか？」

「は？」

今さら何を言い出すのか。

「あるいは祟《たた》りか？　まあどっちでもいいけど、俺から見ると麻四郎さんは別に不運でも何でもないと思うんだよな。このところ何度か怖い目に遭っているようだが、それは皆塵堂にいれば当たり前のことだ。俺なんか、この店で働いているわけじゃないのに似たような目に何度も遭っている」

「実はお前も呪われているんじゃないのかい」

「ご隠居、下手な冗談はやめてくださいよ……それから麻四郎さんは顔をぶつけたりもしているようだが、それだって珍しいことじゃない。俺もついこの間ありましたよ。魚を売り歩いていたら前から若くて綺麗《きれい》な娘が歩いてきてね。そっちを見ていたら、横にあった豆腐屋の戸板に頭から突っ込んじまった。怪我《けが》はしなかったが、豆腐屋の戸板が壊れた」

「それはお前が間抜けなだけだ。豆腐屋さんが気の毒だよ。それにね、麻四郎が被っているのはそういう類《たぐい》の呪いなんだ。一つ一つは大したことないが、軽い不運がじわじわと繰り返し降りかかってくる。しかもそれが七代目まで続くという……」

「それですよ、それっ」

巳之助が再び大声を出した。

「曾祖父の代から続いているらしいじゃありませんか。つまり麻四郎さんは四代目だ。まだ後ろに三代ある。ということは、麻四郎さんはこれからかみさんを貰《もら》って、子供ができるってことでしょう。そこまで約束されているようなものだ」

「ううむ、そういうことになるのかな」

「なんて羨ましい。それのどこが不運なんだか。俺が代わりたいくらいですよ。こちらは女房ができる見込みがまったくない。そもそも若い女に縁すらない。この前なんか角を曲がったら、ちょうど向こうからきた若い女と出くわしましてね。そうしたらその女、俺を見るなり悲鳴を上げて、走って逃げていきましたよ」

「それはお前の顔が……ああ、いや」

いくら相手が巳之助とはいえ、さすがに清左衛門も容姿についてとやかく言うのは悪いと感じたようだ。

「その、なんだ……儂《わし》は、お前は素晴らしい男だと思うよ。女に縁がないのは……やっぱりお前も呪われているんじゃないのかい」

「だからやめてくださいって。もし俺が呪われていたら太一郎が何か言うはずで……ああ、そうだ。太一郎だ。忘れてたっ」

また大声を出して、巳之助は麻四郎の方へ顔を向けた。

「麻四郎さん、そこら辺で太一郎を見かけなかったかな。あいつがここに用があるって言うから俺も一緒に来たんですがね、途中ではぐれちまって」

「多分、見ていないと思いますが」

太一郎とは一度会ったきりなので自信はない。それに慶七郎のことなどを考えながら歩いてきたので、あまり周りに目を配らなかった。

「そうですかい。いえね、二人で歩いていたら、横の路地から急に猫が飛び出してきたんだよ。それで太一郎のやつ、どこかへ走って逃げていっちまった。それもすごい速さで」

「は、はあ……」

そういえば太一郎は猫が苦手だと清左衛門が言っていた覚えがある。

「だから、猫に追われて悲鳴を上げている男がいたらそれが太一郎なんですがね」

「だとしたら、間違いなく見ていません」

そんな男がいたら、さすがに気づくはずだ。

「ま、猫のせいで太一郎がどこかに行っちまうのは今日に始まったことじゃない。さっき鮪助が出ていったが、きっと捜しに行ったんだな。だから、じきに来るだろう」

「鮪助が、ですか……」

猫が苦手な男を猫が捜しに行く。何だかよく分からない話だと思いながら麻四郎は床の間に目をやった。いつもそこで寝ている鮪助は、確かに今はいなかった。

「正直、麻四郎さんの呪いについても太一郎に訊くのが一番手っ取り早いと思うんだけどね。俺には何も話さないんですよ。前に会った時に、太一郎は麻四郎さんにどんなことを言ったんですかい。あいつなら一目見ただけで、それくらいのことは分かるはずなんだが」

「ええと……」

麻四郎は首を傾《かし》げながら清左衛門の方を見た。

「何かあるような口ぶりだったとは思いますが……」

「うむ。麻四郎は皆塵堂に来るべくして来たのだ、とか、そんなようなことを言っていた。しかし物事には順番があるとかで、儂らにも詳しいことは教えてくれなかったな」

「あの野郎、もったいぶりやがって。まあ、今日になってここに来る気になったってことは、話してもいい順番が来たんでしょう。さて太一郎と伊平次さんたち、先に戻ってきたのは……」

巳之助はそう言いながら皆塵堂の出入り口の方へ目を向けた。

麻四郎も振り返ってそちらを見た。戸口をくぐって三人の男が店に入ってくるのが目に飛び込んできた。

伊平次と芝蔵、そして惣兵衛だ。出迎えないといけない、と麻四郎はすぐに座敷を出た。作業場の端に座り、惣兵衛に向かって丁寧に頭を下げる。

「わざわざ私のために、江戸までご足労頂いて申しわけありません」

「なに、構わんよ」

惣兵衛は笑いながら上《あ》がり框《がまち》に腰を下ろし、草鞋《わらじ》を脱ぎ始めた。年寄りとはいえ、手元の動きはしっかりとしている。麻四郎はほっとしながら、背中に手を添えて惣兵衛が作業場に上がるのを手伝った。

「近場とはいえ、なかなか江戸まで出ては来られないからね。芝蔵の所に数日逗留《とうりゅう》して、あちこち見物して歩くつもりだ。お前が芝蔵から聞いたという呪いの件のことを詳しく語るのは、そのついでに過ぎない。だからお前は何も気にしなくていい」

奥の座敷に入った惣兵衛は、清左衛門と巳之助に軽く会釈をしてから座った。このあたりの動きも特にどうということはなかった。足腰もしっかりしているし、どこか痛めている様子も見えない。麻四郎はまた胸を撫《な》で下《お》ろした。

伊平次と芝蔵も座敷に入ってきて、めいめいの場所に腰を落ち着けた。それを見てから惣兵衛は口を開いた。

「さて、麻四郎やその父親など、代々かかっている呪いについてのことだったね。儂は芝蔵から話を聞いて、びっくりしたよ。何しろその呪いは……」

「ああ、待ってください」

話し始めた惣兵衛を麻四郎は慌てて止めた。早く聞きたいのは山々だが、さすがに茶の一杯も出さないと悪いと考えたのである。

「お疲れでしょうから、少し休んでいてください。私はお湯を貰ってきますので」

麻四郎は急いで座敷を出ると、裏長屋に住む飯炊き婆《ばあ》さんの許《もと》へと走った。

二

「お前が芝蔵から聞いた呪いの話なんだが……それは嘘《うそ》じゃや」

惣兵衛は用意された茶を啜《すす》った後、一同を見回しながらそう言った。

麻四郎は思わず「はあ？」と声を上げた。いや麻四郎だけではなく、清左衛門と伊平次、芝蔵、それに巳之助の口からも一斉に同じ言葉が出た。さらには作業場からも同じ声がしたのでそちらを見ると、いつの間にか峰吉がそこに座っていて、「なんだそれ」という顔で座敷の方を見ていた。蔵の片付けは終わったようだ。

「……芝蔵は婆さんから、つまり儂の母親から子供の頃にその話を聞いたそうだな」

惣兵衛はにやにやしながら芝蔵を見た。

「その際、儂と兄貴……麻四郎の祖父の勘次郎のことだが、その二人は知らないことだから何も言うなと釘《くぎ》を刺されたというが……」

芝蔵は頷《うなず》いた。まだびっくりした顔をしている。

「それは嘘がばれるから口止めされただけじゃよ。そもそも呪いなんてないのだから」

「な、なんで婆ちゃんはそんな嘘を……」

「可愛《かわい》い孫たちを楽しませようとしたんじゃないかな。お袋にはそんなところがあった。茶目っ気があるって言うのかな」

「た、楽しくねぇよ……」

芝蔵は苦い顔をしながら、ずずっ、と茶を啜った。

「もちろんそれだけじゃない。嘘というのは、たいていは隠しておきたいことがあるからつくものだからね。お袋の場合もそうだ。儂の父親……麻四郎の曾祖父の嘉一郎が若い頃に江戸で料理の修業をしていたのは本当のことだよ。しかし芝蔵には、場所や店の名は変えて話したようだな。屋号は忘れたが、場所は確か……水谷町《みずたにちょう》って言ったかな。まあ儂は江戸に詳しくないのでよく分からないが、町方のお役人がたくさん住んでいる、八丁堀《はっちょうぼり》とかいう方だと聞いているよ」

向島をいくら捜し回っても無駄だったわけだ。麻四郎はがっくりと肩を落としながら、もしかすると、と思って恐る恐る訊ねてみた。

「そうなると木挽町にあったという、亡くなった慶七郎さんの生家の料亭も……」

「別の場所だ。薬研堀《やげんぼり》とかいう辺りだったかな」

両国《りょうごく》広小路《ひろこうじ》のそばである。これまたまったく違う所だ。麻四郎はますます肩を落とした。

「慶七郎という名も変えている。それから、その人は亡くなっていないよ。ああ、もちろん今はとっくに鬼籍に入っているが、許婚《いいなずけ》に逃げられたから首を掻っ切ったというのは嘘だ」

「はあ？」

麻四郎と芝蔵はまた声をそろえた。清左衛門と伊平次、巳之助は声こそ上げなかったが、呆《あき》れた顔をしている。峰吉は大人たちの話に飽きたようで、特に関心を示さずに蔵から出してきた古道具を作業場で磨いていた。

「ややこしくなるから慶七郎という名で通すが、その人とお袋が許婚だったというのは本当みたいだな。しかしね、それはあくまで親同士が決めたことだ。慶七郎は別に惚《ほ》れた女がいたそうなんだよ。で、親父《おやじ》とお袋は互いに好き合っている。そこで……三人は結託《けったく》したんだ。親父たちが二人で熊谷に逃げたのは、慶七郎も知ってのことだったんだよ。そして、お互いに相手は死んだことにした。お袋が慶七郎は首を掻っ切って死んだと芝蔵に語ったように、慶七郎の方も、嘉一郎と多喜は心中したと自分の父親に告げたんだ。さすがに死んだんじゃ仕方ないから、それで惚れた女と所帯を持てることが許されたというわけだよ。お袋たちの方が慶七郎は死んだという嘘をつくことにしたのは、熊谷の地で新たな暮らしを始めるために江戸との縁をきっぱりと断ち切ったということと、周りからの余計な詮索を避けるためだ。自害した者がいるとなると、周りの者は根掘り葉掘り聞きづらいだろう」

「しかしそうなると、ひい婆ちゃんの両親が可哀想《かわいそう》だ」

麻四郎は口を挟んだ。一人娘が男と逃げたのは事実だ。しかも嘘とはいえ、死んだことになっている。

「ああ、その二人なら慶七郎に事実を聞かされているよ。慶七郎の実家から借金をしていたが、それは八丁堀の店を慶七郎に譲ることで帳消しになった。その後で二人は熊谷の地へ来たんだ。儂の母方の爺《じい》さん婆さんだな。病で亡くなるまで、ずっと一緒に仲良く暮らしていたよ」

「な……」

麻四郎は言葉を失った。どこにも呪いが入る余地がない。体から力が抜けた。

「だ、だけどおかしいじゃないか」

芝蔵の方はまだ力が残っているようだ。抗議の声を上げた。

「親父がさっき言った婆ちゃんの茶目っ気っていうのは、呪いのことだろう。孫にちょっとした怪談を聞かせて怖がらせてやったってことなんだろうけど、麻四郎は実際に不運が続いているじゃないか。それにその父親の甚三郎、祖父の勘次郎、曾祖父の嘉一郎も運の悪い目に遭っていた」

「それは多分、人柄のせいじゃやな。例えば勘次郎の代に、雇った人に店の金を持ち逃げされたことがあったが、そいつは流れ者で、元からあまり性質《たち》のよくなさそうな男だったんだ。だから周りの者は止めたんだが、行く当てがなくて可哀想だから、ということで勘次郎は店に置いてやったんだよ。それから、甚三郎の代の時には借金を踏み倒された。これはそもそも納得ずくのことでね。今日食べる飯にも困っているようだったから、返ってこないのを承知で貸してやったみたいなんだ。他の不運も似たようなものだ。大八車が道の脇に落ちそうになっていたから押してやったが駄目で一緒に田圃《たんぼ》に嵌《は》まったり、婆さんが荷物を運んでいたから手伝ってやったら案外と重くてぎっくり腰になったり、そんなのばかりなんだよ。つまり、代々受け継がれているのは呪いじゃなくて『人のよさ』と『真面目さ』なんだ。それが原因でたまに運の悪い目に遭う」

「ははあ、なるほど。言われてみればその通りだな」

伊平次が口を開いた。にやにや笑いながら麻四郎の方を見る。

「勤めていた福芳という店が傾いたのは、別に麻四郎が悪いわけじゃない。主《あるじ》の商才がないせいだ。ただ、そこから先の不運は麻四郎の『人のよさ』のせいだな。腕がいいのだから残ってもよかったのに、自分から言い出して店を去った。その際、餞別《せんべつ》を受け取るのも断っている。その後に続く貧乏暮らしは、自らが招いたってことなんだ。それから大工の作五郎さんに押されて顔をぶつけたのは、犬も食わない夫婦喧嘩《げんか》の仲裁を、頼まれてもいないのに買ってでたからだ。それに『真面目さ』のために面倒な目に遭ったこともある。その作五郎さんの家に最初に訪れた時だ。お前がせっつくから急いで皆塵堂を出たが、そのために作五郎さんと行き違いになり、見当違いの町を歩き回る羽目になっちまった。それから確かお前は、連助と待ち合わせた時も早めにここを出て、半時（一時間）以上待ったらしいな。真面目すぎる。惣兵衛さんの言うことに心当たりがたくさんあるよ。うん、これは間違いないな。代々続く不運は、代々受け継がれている『人のよさ』と『真面目さ』のせいだ。呪いじゃない」

「そ、そんな……」

麻四郎は救いを求めるような目で他の人を見た。しかしみな納得したような顔をしていた。芝蔵までが大きく頷いている。

「そんな馬鹿な……」

麻四郎はがっくりと肩を落とした。その様子を見てさすがに慰めなければならないと感じたのだろう。清左衛門が口を開いた。

「だからと言って、お前が変わる必要はないよ。その人柄のせいで損をしてばかりいるように感じるかもしれないが、よく考えれば得をしていることだってあるはずなんだから。前にも言ったが、不運というのは些細《ささい》なことでも頭に残り、ちょっとした幸運はすぐに忘れてしまいがちになるものなんだ。ものは考えようだよ。例えば金鍔《きんつば》を奢《おご》ってもらうつもりでいたら焼き芋になった。これは不運なようにも感じるが、そもそも貰うものだからね。それなら焼き芋だって上等だ。幸運だと思わなければならない」

「そういうことじゃ」

惣兵衛は残っていた茶を一気に飲み干すと立ち上がった。促すような目を芝蔵に向ける。

「それでは、儂らはこれでお暇《いとま》させてもらいますよ」

芝蔵も立ち上がった。

「え、もうですか。疲れているでしょうから、もっとゆっくりなさった方が……」

麻四郎はそう告げたが、惣兵衛は首を振った。

「心配無用。足腰は達者なんでね」

「それなら多町までお送りします」

麻四郎も慌てて立とうとしたが、惣兵衛は手を伸ばしてそれも止めた。

「いや、この後は両国広小路や、日本橋の町々を見物しようと思っているのでね。送らなくていいよ。それにさっきも言ったように数日は芝蔵の所にいるから、今日でお別れというわけではない。熊谷に帰る時には知らせるから、その時に見送ってくればいいよ」

「は、はあ……」

そう言われても、さすがに店の前までは出なければならない。麻四郎はやはり立ち上がった。

惣兵衛と芝蔵が皆塵堂を離れていく姿を、麻四郎と伊平次、清左衛門、巳之助、それに峰吉の五人が並んで見送った。そうして二人の背中が見えなくなり、ぞろぞろと店の中に戻ろうとした時、峰吉が「あっ」と小さく声を上げた。

「どうした？」

巳之助が訊ねると、峰吉は黙って道の先を指差した。

何だろうと首を傾げながら麻四郎は目を向けた。一人の男がすごい勢いでこちらに走ってくるのが見えた。

「ああ、あれは太一郎だ」

手で庇《ひさし》を作って目を凝らしていた伊平次が呟《つぶや》いた。

「後ろに鮪助もいるみたいだな」

猫に追われた太一郎はみるみるうちに近づいてきた。必死の形相だ。そのまま立ち止まらずに五人の横を抜け、皆塵堂の中に飛び込む。

そのすぐ後に鮪助が続いた。こちらは全力で走っているという感じではない。遊びながら獲物を追い詰めているという風情である。

いくら猫が苦手な太一郎とはいえ、逃げるために土足で家の中に上がるようなことはしない。履物を脱ぐために作業場の手前でわずかに足を緩めた。その隙をついて、鮪助が太一郎の背中に飛びついた。

「うにゃあ」

悲鳴を上げながら太一郎が作業場に倒れ込んだ。鮪助は満足げにその背中の上に座り、のんびりと毛繕いを始めた。

「……太一ちゃん、いらっしゃい」

店の中に入った峰吉がそう言いながら作業場に上がり、再び古道具を磨き始めた。

皆塵堂にやってきた麻四郎が初めて幽霊を見た、男が這《は》い出《だ》してきたあの壺《つぼ》だった。よく見ると作業場の隅には皿や包丁の入った箱、鏡台、人形もあった。峰吉が蔵から出してきたようだ。

「太一郎を連れてきてくれたのか。ご苦労だったな」

伊平次が鮪助に声をかけながら太一郎の横をすり抜け、奥の座敷へ入っていった。煙草《たばこ》盆を引き寄せ、煙管《きせる》に葉煙草を詰める。そして呑気《のんき》そうな顔で煙草を吸い始めた。

「鮪助、お前は本当に賢い猫だなぁ」

作業場に上がった巳之助が太一郎の横に座り、鮪助に向かって手を伸ばした。鮪助はむすっとした顔で、その手を前足で二、三度ぱしぱしと叩《たた》いた。

「……太一郎、麻四郎にかけられていた呪いは嘘だったよ」

最後に麻四郎と一緒に店の中に入った清左衛門が太一郎にそう声をかけた。

「呪いって……何の話ですか」

太一郎が首を上げて清左衛門を見る。

「初めて麻四郎に会った時、お前は何かに気づいたような口ぶりだった。だから多分、その呪いのことが『見えた』んだろうな、と考えていたんだが……違うのかね」

「だってその呪いは嘘なんでしょう。もちろん違いますよ」

「それなら、お前が言っていたのは何のことなんだね。麻四郎は皆塵堂へ来るべくして来たとか、物事には順番があるから今は話せないとか」

「そろそろいいだろうと思って今日ここに来たんですが……ご隠居様、まずは鮪助をどかしてくださいませんか」

面倒臭い男だ、という風に、はあ、と一つ溜息《ためいき》をついてから、清左衛門は鮪助へと顔を向けた。

「後で美味《うま》い餌を食わしてやるからね。ちょっと席を外してくれんかな」

驚いたことに話が通じたようだ。鮪助は大きく伸びをしてから太一郎の背中を降り、奥の座敷の床の間へと向かっていった。賢い、というのを通り越してもはや化け猫だな、と思いながら、麻四郎は丸くなって目を閉じる鮪助を見守った。

「ああ、やっと一息つける」

太一郎は体を起こした。かなり長く走ったのだろう。ぐったりした様子だ。

「それで、お前には何が見えたんだね」

「もちろん幽霊ですよ。ええと……」

太一郎は峰吉が磨いている壺を見た。続けて作業場の隅に置かれている、蔵から出してきた古道具にも目を向けた。

「ひい、ふう、みい……どうやら麻四郎さんは、四人の幽霊と出遭ったようだ。それなら、これで終わりです」

「はあ」

本当に終わりならいいが、それにしても四人もいたかな、と麻四郎は首を傾げた。皆塵堂で見た、壺から出ようとする幽霊を皮切りに、大工の作五郎の家、連助と一緒に入った古道具屋の嘉兵衛の店の蔵、そして円九郎とともに鏡台を引き取りに行った上総屋と、四つの場所で怖い目に遭っている。しかし、そのうちの二つは幽霊が重なっているのだ。嘉兵衛の店の蔵で見た、包丁を手にしていた幽霊は、壺と同じ男だったのである。

ただ、その時は女の幽霊も出ている。だから一軒につき一人と考えれば、四人の幽霊と出遭ったという太一郎の言葉は合っている。

「四十代半ばくらいの年の男、三十より少し上くらいの綺麗な女、鏡台の引き出しから飛び出してきたお婆さん、それから正体は分かりませんが、人形に憑《つ》いている幽霊。その四人ですね」

麻四郎が念を押すように訊ねると、太一郎は首を振った。

「違います。人形に憑いているのは、鏡台のお婆さんと同じ人です。どちらの物も、元々その人が持ち主なんですよ。ところが売られてしまったので、取り返そうとして出てきたわけです。ちなみに、男と女の幽霊も同じ思いを抱いて出てきました。二人は夫婦で、お婆さんは男の方の母親です。一家で出てきたわけだ」

「しかし、それでは三人ということになってしまいますが」

「もう一人については、古道具に取り憑いている幽霊ではないので、実は私もはっきりとは言い切れないんです。前に会った時には麻四郎さんの後ろにいたのですが、今は消えてしまっている。他の三人ほどこの世や物に執着していないみたいだ」

太一郎は麻四郎の方を見て「ううん」と唸《うな》り、それからまた作業場の隅にある古道具へと目を戻した。

「だから今日はそれを確かめに行った後で、これらを本来の持ち主の家に届けようと考えていたのですが……思っていたより皿の数が多いな。まあそういう店だから仕方ありませんが、巳之助に引いてきてもらった大八車に積むのは無理そうだ。すでに結構な量の荷が載せてありますからね」

皆塵堂の店先に見慣れない大八車があったのを麻四郎は思い出した。太一郎はそのことを言っているらしい。

「あれには何が積まれているのですか」

「麻四郎さんの方で集めきれなかった物ですよ。膳の数が多かったな。蝶足《ちょうあし》とか宗和です」

蝶足膳は外が黒、内が朱塗りになっていて、足が蝶の羽を広げたような形になっている膳だ。祝いの席で使われる。それから、宗和膳は本膳として使われる物だ。麻四郎は、どちらも福芳でよく目にしていた。

「それから掛け軸とか木彫りの置物などもあった。他は、細々とした料理の道具です。しかし困ったな。どうやって運ぼうか。大八車に載せきれない分は巳之助に背負わせて……」

「おいおい、大八車を引くのも俺なんだろう」

巳之助が口を尖《とが》らせた。

「いくら俺でも、それはちょっと大変だぞ。太一郎と麻四郎さんも運んでくれよ」

「もちろんそうするが、麻四郎さんと俺が手伝ったとしても無理かな。さすがに鳴海屋のご隠居に荷を持たせることはできないから、そうなるとあとは伊平次さんか。それでも厳しいな。もう一台、大八車があればよかったんだが」

「だったら隣の米屋さんから借りればいい」

峰吉が口を挟んだ。

「ついでに円九郎さんも使えば楽ができるよ」

「おお、そうだな。いい考えだ」

巳之助が立ち上がり、作業場から土間に下りた。その背中に向けて峰吉が囁《ささや》きかけた。

「この間みたいに円九郎さんに逃げられないようにね。米屋さんにはそっと近づかなきゃ駄目だよ」

「分かってるって」

巳之助は足音を忍ばせながら皆塵堂を出ていった。体の大きさに似合わない、意外なほど静かな動きだった。だが少しすると、凄《すさ》まじい怒声が響き渡った。

「こらぁ、円九郎」

「で、出たぁ」

円九郎の悲鳴も聞こえてきた。

「堪忍してください。私は何も悪いことをしていません」

「だったら逃げるな、この野郎」

「ひいぃ」

どたどたという音が壁を伝って隣から響いてくる。しかしそれもわずかな間のことで、しばらくすると治まった。多分、巳之助が円九郎を取り押さえたのだろう。

「親父さん、大八車と円九郎を借りますぜ」

「ああ、構わないよ。ただし大八車は壊さないように頼むぜ。円九郎はどうでもいいが」

巳之助と辰五郎の話が聞こえてきた。ごく当たり前の声で喋《しゃべ》っているようだが、元々この二人は地声が大きいのか、しっかりと耳に届く。

「どうやら決まったようですね。それではこれらの品も大八車に積みましょうか」

太一郎が立ち上がり、壺や人形など峰吉が蔵から出してきた古道具を見つめた。

三

案内役の太一郎が先頭を歩き、涼しい顔で大八車を引いている巳之助がそれに続いている。米屋から借りたもう一台の大八車を引くのは円九郎だ。巳之助よりやや遅れて、ひぃひぃ言いながら進んでいる。

その後ろを伊平次と清左衛門が歩いている。円九郎が怠けないようにするためらしい。

そして麻四郎は、円九郎が引いている大八車の横を歩きながら、荷を押さえている縄が緩まないか見張る役目をしていた。初めは大八車を押して円九郎を手伝おうと思ったのだが、それはできなかった。清左衛門に「円九郎一人にやらせればいいから」と言われてしまったからだ。やはりこの老人は、円九郎にだけは厳しい。

皆塵堂を出た一行は、まずは仙台堀沿いに東へ向かった。そして途中で左に曲がり、大横川《おおよこがわ》に沿って今度は北へと向かった。

小名木川《おなぎがわ》を渡り、竪川《たてかわ》まで行くと右に折れた。川に沿ってまた東へ進む。どこへ行くのだろうと思っていると、太一郎はまた左に曲がった。横十間川《よこじっけんがわ》に沿って再び北へと向かう。

麻四郎はその辺りに見覚えがあった。皆塵堂に来る前の、塩売りをしていた時に歩いている。この先には亀戸天神があるはずだ。

その近くで自分は千石屋の千右衛門さんに会った。そばにあった団子屋で話をして、皆塵堂という店を教えられたのだ。その時からまださほど時が経ったわけではないが、随分と前のことに感じられる。

懐かしく思っていると太一郎が立ち止まった。まさにその団子屋の前だった。

「おや、ここで一休みですか。よかった、ちょうど小腹が空《す》いたところなんですよ」

円九郎が嬉《うれ》しそうに言った。巳之助がわざわざ円九郎の後ろへ回ってその尻を蹴飛ばした。

「ご隠居や伊平次さんはともかく、お前に食わせる団子なんてないぞ」

「そ、そんな。いいじゃありませんか。私だって腹くらい減るんだ」

「だったらそこら辺の草でも食ってろ」

「牛じゃないんですから」

二人が言い合っているのを尻目に太一郎が団子屋へと歩いていった。そして戸口の手前で振り返り、麻四郎を手招いた。

「どうしましたか」

麻四郎が近づいていくと、ほぼ同時に店の奥から若い娘が出てきた。

「いらっしゃいませ……あら」

団子屋の娘は麻四郎を見ると驚いたような声を出した。

「確か、この間いらっしゃった方ですね」

「は、はい」

麻四郎が返事をすると、黙っていてくれ、という風に太一郎が手で制した。それから太一郎は娘に向かって訊ねた。

「こちらの人は少し前に一度来ただけだと思いますが、よく覚えていますね」

「それは、妙なお客様だったので……」

そう言いかけた後で、娘ははっとした表情になって口元を手で押さえた。失礼なことを言ったと思ったらしかった。

「ああ、構いませんよ。気にせずに、どう妙だったのか教えてくださいませんか」

「は、はあ……」

娘はちらちらと横目で麻四郎の様子を窺《うかが》いながら言葉を続けた。

「お一人でいらっしゃったのに、団子だけじゃなくてお茶も二人分注文して、誰もいない隣に向かって何か喋って……」

「は？」

麻四郎はぽかんと口を開いた。狐《きつね》につままれたような気分だった。

「な、何をおっしゃっているのですか。もう一人いたでしょう。白いひげを生やした、痩せたご老人が」

娘は怯《おび》えたような顔で首を振った。

「そんな馬鹿な。小柄で、杖《つえ》を突いたお爺さんですよ。私はその人と一緒にここで

「まあまあ、麻四郎さん。落ち着いてください」

また太一郎が麻四郎の方へ手を伸ばした。それから娘に向かって笑みを見せた。

「ありがとうございました。これで帰るのも何ですから、団子とお茶を六人分持ってきてください。今日はちゃんといますでしょう」

娘はそこにいる者を丁寧に数えてから、ほっとしたような表情で店の奥へと引っ込んだ。

「……ど、どういうことですか」

娘が消えた後で麻四郎は訊ねた。困惑している。

「そういうことですよ。麻四郎さんがここで会ったご老人が四人目の……いや、一人目か。とにかく幽霊だったってことです」

「いや……嘘でしょう。生きている人だったとしか思えません」

「しかしあの娘さんには見えなかった」

「ああ……」

麻四郎はふらふらとした足取りで店の前の縁台の所まで行き、力が抜けたようにがくりと腰を下ろした。

「確かに千右衛門さんは長く患っていた。亡くなっていたのか……」

「麻四郎さんの勤めていた店にも当然、知らせは行ったと思います。だから亡くなったのは麻四郎さんが辞めた少し後なのでしょうね」

そういえばここで話をした時、麻四郎が福芳を出た時期を「ふた月より前だと思うが」と千右衛門が言い当てたことを思い出した。自分はただ「よく分かりましたね」と感心しただけだったが、そういうわけがあったのだ。

「……もう少し長く勤めていたら弔いに行けたのに」

「でもそのお蔭《かげ》で麻四郎さんは、ここでそのご老人と会えたではありませんか」

「ですが、その時は人違いだと誤魔化すのに一生懸命で……」

きちんと礼が言えなかった。辛《つら》い修業を続けている自分を励ましてくれた人なのに。

「ああ、申しわけないことをした」

「麻四郎さんは、ご老人に対して十分に礼を返していますよ。あの古道具を集めたことがそれです」

太一郎は大八車に積まれている荷を指差した。

「ご老人は、鏡台や人形に憑いていたお婆さんの旦那さんです。壺や包丁の男はご老人の息子さん、皿の女はそのおかみさんですね。つまり、あの品々はご老人の店で使われていた物なんです」

「ああ、なるほど……」

道理で立派な皿がたくさんあったり、物のよい包丁があったりしたわけだ。壺は千石屋の座敷に飾っておいた物だろう。

「それを取り返すために息子さん夫婦とお婆さんは幽霊となって出てきたのです。そういう品は最後には皆塵堂に送り込まれることをご老人は知っていたようだ。それで麻四郎さんに、皆塵堂で働くように言ったのでしょう。ああ、お婆さんだけはちょっと違いますね。鏡台と人形はお婆さん自身が大事にしていた持ち物で、店の方とは関わりがない。しかし店の物と一緒に売り払われてしまったので、ついでに取り戻そうとしたのでしょう。そのわりに誰よりもおっかない様子で出てきたあたり、なかなか茶目っ気のあるお婆さんのようだ」

「茶目っ気って……」

うちの曾祖母じゃないんだから、と麻四郎は思い、少しだけ笑った。

「まあそういうわけで、麻四郎さんはここまで、そのご老人を含む四人の幽霊が望んだように動いています。あと一息です。団子を食べた後は、その幽霊たちの住んでいた店に向かいましょう」

太一郎は眉根を寄せ、睨《にら》むような目つきで大八車の荷を見た。

「ええと……富岡八幡宮の近くにあるみたいですね。ここからだと戻る形になるな」

その時、人数分の団子と茶の載った盆を持った娘が店の奥から出てきた。

「ああ娘さん、どうもありがとうございます」

なぜか円九郎が受け取りに行った。

「実は私、松田町にある紙問屋、安積屋の倅《せがれ》でして。知りませんか、その町内ではちょっと知られた店なんですけど……うわぁ」

盆を手にする直前に横合いから巳之助の足が伸びた。蹴られた円九郎がすっ飛んでいく。

「だから、お前は草でも食ってろ。ああ、娘さん、ありがとうございます。俺は巳之助と言って、しがない棒手振りの魚屋なんですが……」

「巳之助まで自分の売り込みか。まったく見苦しいねぇ」

今度は横合いから清左衛門が出てきた。さすがにこの老人を蹴るわけにはいかず、巳之助はすごすごと引っ込んだ。盆と引き換えに清左衛門からお代を貰った娘は、そそくさとした足取りで店の奥へ戻っていった。

ちなみに伊平次はその時、団子屋から少し離れて横十間川を覗《のぞ》き込《こ》んでいた。釣りに来た時のための下調べなのだろう。

「まったく相変わらずだなぁ」

太一郎が四人を眺めながら笑った。

「鳴海屋のご隠居はともかくとして、伊平次さんや峰吉のような者がいる皆塵堂に来てしまい、麻四郎さんはさぞ驚いたことでしょうね。その上、隣にはあの円九郎さんがいて、さらには巳之助のような男もやってくる。みんな変わり者だ」

「は、はあ。おっしゃる通りです」

そう言いながら麻四郎は他の四人ではなく、太一郎の顔を見つめた。この団子屋の近くで自分が千右衛門の幽霊に出遭ったことや、千石屋の場所を言い当てている。多分「見えた」のだろう。あの古道具に取り憑いていた幽霊たちが千右衛門の息子夫婦やおかみさんであることも間違いあるまい。

確かに皆塵堂に関わっている人々は変わり者ばかりだが、その中で最も驚かされたのはこの人だ、と麻四郎は思った。

四

円九郎を含む六人で仲良く団子を食べた後、一行は来た道を引き返した。皆塵堂まで戻ったが、止まらずにそのまま通り過ぎる。

やがて六人は、富岡八幡宮の近くにある千石屋へとたどり着いた。店は表戸が閉じられ、ひっそりしていた。

「千右衛門さんのお孫さんが継いでいるはずなんですが……」

麻四郎は店の二階を見上げた。そこも雨戸が立てられている。

確か、孫は万治郎という名だった。料理の腕は今一つで、商才もないから店の内情が悪いと千右衛門は言っていたが、潰れたとまでは聞いていない。

自分が千右衛門と会った後で潰れてしまったのだろうか。店の物を売り払うくらいだから、きっとそうなのだろう。もっと早く来られればよかったのに、と麻四郎は胸を痛めた。

「人の気配はなさそうだが、中で息を潜めているだけかもしれねぇ。確かめてみよう」

巳之助がずいっと前に出た。表戸を拳で叩き始める。力が強いから今にも壊れそうだ。

「こらぁ、いるのは分かってるんだぞ。さっさと開けないと、戸を壊して中に踏み込んでやるからな。それでもいいのか、おらぁ」

最後に戸板に蹴りを入れ、巳之助は動きを止めた。

しばらくすると、中で閂《かんぬき》が外される音がし、わずかに戸が開いた。三十手前くらいの年の男の顔が覗く。

「いるじゃねぇか、こらぁ」

巳之助が戸の隙間に手を入れ、ぐわっと開いた。

「も、申しわけありません」

中にいた男が後ろに下がり、両膝と両手を突いた。頭を深々と下げ、額を地面にこすりつけるようにする。

「まだ金の工面はできていません。ですから返済はもう少し待っていただいて……」

「こらぁ、てめぇこの俺が借金取りに見えるってのかぁ」

麻四郎のみならず、太一郎と伊平次、清左衛門、そして円九郎までもが一斉に頷いた。どう見ても借金取りである。あるいは清左衛門が金貸しで、巳之助はその用心棒といったところか。いずれにしろ、男が思い違いをするのも無理はない。

「むしろその反対だ。俺たちはなぁ、お前が売り払った道具を取り戻して、返しにきてやったんだ。ほら、後ろの大八車に載ってるだろうが。よぅく目を開けて見てみろ……ああ、これじゃ無理か」

古道具はすべて箱の中に入れて運んできている。見えるはずがない。

仕方ねぇなぁ、と言って巳之助は戸口から離れ、大八車へと近寄った。ああ面倒臭え、とぶつぶつ呟きながら荷を押さえている縄を解き始める。

男が怪訝《けげん》な顔をしながら立ち上がり、様子を覗くために戸口のところまで出てきた。ちょうどよかったと思いながら麻四郎は男に声をかけた。

「ええと、万治郎さんでございますか」

「は？　え、ええ……」

「私は麻四郎と申します。決して怪しい者ではありません。今は事情があって店を離れていますが、前は池之端仲町にある福芳という店で働いておりました。その時に……亡くなった千右衛門さんと顔見知りになりまして」

「ああ、福芳さんなら知っています。生前は祖父がお世話になりました」

どうやら千右衛門が亡くなったのは本当のことだったようだ。決して太一郎を疑っていたわけではないが、それが明らかな事実と分かってしまった。麻四郎は顔を歪《ゆが》めながら頭を下げた。

「お世話になったのは私の方です。苦しい修業を続けている時に優しく声をかけていただいた。その言葉にどれほど助けられたことか。それなのに、千右衛門さんが亡くなったと知ったのはついさっきのことなんです。本当に申しわけありません」

麻四郎は頭を上げると、大八車へ目を向けた。ちょうど巳之助が箱の蓋を開けたところだった。一瞬、ぎくりと体を動かした後で巳之助は箱の中に手を入れた。出てきたのは大工の作五郎の家から引き取ってきた人形だった。

「あれはこの千石屋さんにあった物で間違いありませんね」

「え、ええ。祖母の物で、私が売り払いました」

「他の箱にも、壺とか皿など千石屋さんで使われていた物が入っています。それを再びこの店に戻すのが千右衛門さんの望みなんです。何も言わずに受け取ってください。もちろんお代なんていただきませんから」

しばらくの間、万治郎は驚いた様子で麻四郎の顔を見つめていたが、やがて静かに首を振った。

「それはできません」

「どうしてでございますか」

「先ほどあの人を借金取りと間違えたことから分かると思いますが、まだ返していない借金が残っているのです。もしあれを返してもらったら、きっと私はまた売ってしまうと思います。ですが、それでは亡き祖父に申しわけない。だからあの品々はあなたが持っていてください。その方が祖父は喜びます」

「しかし……この千石屋はどうなるのですか。あの壺を再び飾り、皿や包丁を使って店を立て直そうとは思わないのですか」

「今となっては無理な話です。もうここは潰れているようなものなのです。奉公人はみんな暇を出してしまいました。あとはここを買ってくれる人を探すだけだ。その金で残っている借金を返したら終わりです」

「ああ……」

麻四郎はがっくりと肩を落とし、地面に膝をついた。そこまでの状態になっているのなら駄目だ。自分の力ではどうしようもない。

力を失い、黙って項垂《うなだ》れていると、足音が近づいてきた。清左衛門だった。

「万治郎さんとやら。ちょっと訊ねるが、そもそもその借金はどうやってこさえたんだね。やはり店がうまくいかなかったせいかな。そのわりには金の工面をするのが遅かったようだが。あれらの古道具は最近になって売られた物だろう」

「祖父がまだ生きている間は売りたくなかったのです。余計な心配をかけたくなかったので」

「しかし、店の方がうまくいってないことは千右衛門さんにも分かっただろうに」

「確かに私は、料理の腕はよくありません。ただ、祖父が思っていたように商才がないわけではないのです。もちろん大したことはありませんが、少なくともすぐに店を潰してしまうほどではありません。それでも結局こうなってしまったのは……実は祖父の薬代が嵩《かさ》んだせいなのです。そのことは祖父には内緒にしていました。多分、もっと安いと思っていたのではないでしょうか」

「ふむ」

清左衛門は千石屋の建物を見上げた。しばらく値踏みするような目で見つめた後、再び万治郎へと顔を戻した。

「千右衛門さんがかかっていた医者や、ここに勤めていた奉公人を捜し出して訊ねれば分かることだ。だから正直に答えてほしい。今言ったのは本当のことかね。実はお前さんが遊び歩いたせいでこさえた借金だとかいうことはないだろうな」

「はい。もちろんです」

万治郎は清左衛門の目をまっすぐに見て、力強く頷いた。

「そうか……それなら残っている借金は儂が立て替えてやろう」

「は……いや、それはいくらなんでも……」

「言っておくが、この店を売って返せるような額なら、儂にとっては端金《はしたがね》だ。しかし、やるわけではないぞ。踏み倒すのは許さん。それに他にも条件がある。この千石屋を立て直し、その儲《もう》けの中から借金を返すことだ。少しずつでもいいからな」

「ありがたいお話です。しかし、先ほどこちらの麻四郎さんにも言ったように、もう奉公人はみんな暇を出してしまったのです。新たに雇う金はありませんし、私だけでは料理が……」

「腕のいい料理人なら、ここに一人いるよ」

清左衛門は麻四郎を見た。

「お前もここで働くことに異存はあるまい」

「もちろんでございます」

麻四郎は勢いよく立ち上がった。

「千石屋さんで働くのは千右衛門さんとの約束なのです。ですから万治郎さん、私をここで雇ってください。いや、断ろうとしても駄目です。意地でもここで働きます。

一緒にこの店を立て直しましょう」

「そういうことじゃよ、万治郎さん。すべては千右衛門さんやそのおかみさん、それにお前さんのご両親の考えに従って動いているんだ。だからお前さんは頷くしかないんだよ。文句を言うなら、ここを見事に立て直してからにするべきだね」

「いえ、文句など決して……むしろ礼を言わなければならないのでしょうが、しかしあまりのことで、何と言えばいいのか……」

「それも後の話だ。正直、ここを売って借金を返した方が楽だからね。ほとんど潰れかけている店を立て直すのは大変だよ。ええと、そのために他にすることは……あ、いくらなんでも二人だけじゃ人手が足りないか。料理以外の下働きをしてもらう者もいる。しかし新たに人を雇うほどの金はない、と。そうなると仕方ないな。あまり出来はよくないが、ただで使えるのはやつしかいない」

清左衛門は振り返り、大八車の方を見た。

もちろん円九郎のことだと麻四郎にもすぐに分かった。それで同じように目を向けたが、驚いたことにそこに円九郎はいなかった。

おや、と思いながら周りを見回すと、円九郎は少し離れた所にいた。抜き足差し足、という感じで音を立てずに向こうへと歩いていく。どうやら自分がここでただ働きさせられそうだと気づき、逃げるつもりらしい。こういう場合はやけに勘の働く男である。

「こら、円九郎。どこへ行くつもりだね」

清左衛門の鋭い声が飛んだ。円九郎はぎくりと体を動かして足を止めた。

「ちょ、ちょっと用事を思い出しまして」

「念のために言っておくが、儂は安積屋さんからお前のことを頼まれているんだ。つまり、お前の勘当が解けるかどうかは儂次第ということだが、もちろんそのことはお前もよく分かっているね」

円九郎はくるりと踵《きびす》を返した。すたすたという感じの足取りで素早く戻ってくる。

「まあ米屋の仕事より楽そうですし、ただ働きは今と変わらない。こちらで働くことに文句はございません」

「ふん、まったく調子がいいやつだね、お前は。それに文句があるとしたらお前じゃなくて、こちらの二人だろう」

清左衛門は顔を麻四郎たちの方へ戻した。

「万治郎さんはともかく、麻四郎はこの円九郎のことを知っている。どうだね、一緒に働く気になるかね。嫌だというなら断ってもいいんだよ」

「いえ、断るだなんて、そんなことはいたしません」

麻四郎は首を振った。米屋で働いていたので円九郎はそれなりに力がある。その前は皆塵堂にいたから、妙な度胸もついている。それにこの調子のよさは客商売に向いていると思う。

ただし、若い娘が近くにいると、調子がよい、という言葉では済まなくなりそうではある。しかし、このような料亭に来る客はそれなりに年のいった男がほとんどなので、さほど心配はあるまい。店側の人間も今のところ万治郎と麻四郎、そして当人の円九郎だけだ。後から料理を運ぶ女を雇うかもしれないが、近くに住む暇そうなかみさん連中を使えばいい。円九郎もさすがに他人の女房に手を出すような真似《まね》はするまい。

あとは怠け癖が少々気になるが、うまくおだてれば何とかなるだろう。

「うむ、それでは円九郎もここで働くことに決まりだ。米屋の辰五郎には儂から話しておくからね。それでは円九郎、まずはその大八車の荷を千石屋さんの中に運び込みなさい」

「ええっ、まさかもう働き始めるんですか」

「当たり前だよ。それが終わったら中の掃除だ」

た。

「あ、あの……」

万治郎が口を開いた。次から次へと話が決まっていくので困惑している様子だった。

「……とりあえず皆さん、中に入りませんか。さすがに湯飲みくらいは残してあるので、すぐに茶を淹《い》れます。ここでは、その……人目もありますし」

その方がよさそうだ、と麻四郎は頷いた。さほど大きな通りではないが、誰も歩いていないというわけではない。たまに通り過ぎる人もいる。その際、必ずみなぎょっとした表情になり、早足になっていることに麻四郎は気づいていた。

それは間違いなく、鬼のような形相をした巳之助という男が主な原因に違いない。他にも伊平次や太一郎、円九郎、清左衛門、麻四郎、そして万治郎と、全部で七人もの男が寄り集まっている。そこを通っていくのは確かに少し怖いだろう。

「そうじゃな。それでは茶をいただくとするか」

清左衛門も通り過ぎる人のことは見えていたようだ。素直に頷いて千石屋の中に入った。案内するために万治郎がすぐ後に続き、伊平次と太一郎も中に足を踏み入れた。

さらに円九郎も何食わぬ顔をして戸口をくぐろうとしたが、これは駄目だった。後ろから巳之助の太い腕が伸びてきたのだ。

「ぐぇ」

腕を首に回されたので、円九郎は苦しそうな声を上げた。

「お前は大八車の荷を運び入れてからだ。車は端に寄せておくようにな」

「まさかそれを、私一人にやらせるつもりですかい」

さすがに可哀想だと思い、麻四郎は大八車の方へ足を踏み出した。しかし巳之助の腕が横に伸びて、その動きを止めた。

「麻四郎さんは料理人だ。むろん力仕事もこなさなきゃならんが、円九郎がいる時はやらせればいい。それがこの男の仕事だからな」

「ううっ、その調子だとこの後も色々言いつけられそうだ」

円九郎が嘆くように言った。それから、「やっぱり米屋の方がいいかな」と呟いた。

「おいおい、今日からお前の帰る場所はここだぜ」

「巳之助さん。お言葉ですけどね、私の帰る場所はあくまでも安積屋です。そこへ戻るために心を入れ替え、懸命に働いているのですよ」

「ふうん、そうか。それは悪いことをしたな。お前の帰る部屋、もう安積屋に残ってないぞ」

「ああ、猫のことですね。それは構いません。三匹だけですから」

安積屋にいる猫のことは麻四郎も耳にしていた。巳之助から頼まれて飼い始めたらしい。円九郎が使っていた部屋が空いていたので、そこを猫の部屋にしたそうだ。

しかしそれでも三匹くらいなら、確かに構わないだろうな、と思っていると、巳之助がにやりと笑った。

「すまんが三匹だけじゃないんだ。大八車に積まれている人形を引き取った作五郎さんの隣の家で五匹の子猫が生まれたんだが、その引き取り手を探すように頼まれたんだよ。それで、一匹くらいなら増やせるんじゃないかと思って安積屋さんを訪ねたら、驚いたことに五匹すべてを引き取ってくれたんだ。つまり今は、お前の部屋には猫が全部で……」

「は、八匹もいるんですかい」

円九郎は目を丸くした。そして「ううっ」と小さく呟いて項垂れた。が、すぐに円九郎は顔を正面に戻した。立ち直りが早い。

「八匹でも構いません。俺は壁際で、体を丸くして寝ますよ」

「これまたすまんな。多分、壁際にお前の寝る場所はないぞ」

「そ、それはいったいどういうことですかい」

「先に飼ってもらった三匹のうち、足袋助《たびすけ》だけは元気に動き回る猫なんだが、残りの二匹は大人しくてね。せいぜい安積屋さんの庭に出るくらいで、ほとんど部屋にいるらしい。まあそういう猫も多いからさほど心配はないが、それでもやはり体を動かした方がいいんじゃないかと思ってね。猫が遊べるように壁に棚を吊ったんだよ。せっかくなら多い方が猫も喜ぶだろうから、あちこちに板を打ち付けているうちに……お前の部屋の壁、棚だらけになっちまった。かなり低い場所にも作ったから寝るのは無理だ。ちょっと動いたら棚にぶつかる」

「ううっ……俺の部屋、四畳半なのに……」

また円九郎は項垂れかけたが、すんでのところで踏みとどまった。

「いや、それも二つの面だけでしょう。南側は庭に続く障子戸だし、東側は隣の部屋があるから襖《ふすま》になっている」

「残念だったな。鳴海屋のご隠居があまりにも多くの板をくれたものだから、俺も調子に乗っちゃってさ。襖を取っ払ってそこに板を張っちまったんだ。つまり壁になったってわけだよ。当然そこにも棚を吊った。それから障子戸だが、猫に破られるから、とっくに紙じゃなくて板になっている。だからやはり棚が作れるわけだ。しかし入れなくなると困るから、一枚だけは棚を作っていないよ。だけどその戸の前に人が横になるだけの場所はないな」

「すると俺の部屋はもう……」

「使えないと考えていい。昼間でも薄暗いしな」

「そ、そんな。なに勝手にそんなことをしているんですか」

「お前の父親である安積屋の主にはちゃんと許しを得ている。それでも一応は教えてやろうと思ったんだが、訪ねていったらお前の方が逃げたんじゃねぇか」

皆塵堂に板を貰いに来た時だ、と麻四郎はすぐに気づいた。確かに逃げた円九郎が悪い。

「つべこべ言ってないでさっさと働きやがれっ」

巳之助に怒鳴りつけられ、ようやく円九郎は大八車の方へ戻っていった。

「……なあ麻四郎、本当にあいつをここで働かせる気かい」

後ろから声がしたので振り返ると、千石屋の戸口から伊平次が覗いていた。

「別に断ってもいいんだぜ。鳴海屋のご隠居も文句は言うまい。円九郎は米屋に戻ってもいいし、お前の代わりにうちで働かせてもいいんだ」

「は、はあ……ああ、お礼を言うのが遅れてしまいました。伊平次さん、お世話になりました」

麻四郎は深々と頭を下げた。

「本当にありがとうございました。なんか、鳴海屋のご隠居と私の二人だけで決めてしまったみたいで申しわけありませんが、私は皆塵堂を離れ、この千石屋さんで働くことになりました」

「別に申しわけなく思わなくていいよ。うちの店よりも千石屋で働く方がお前にとっていいことなのは明らかなんだから。初めからお前の居場所はここなんだよ。皆塵堂には道具集めのためにちょっと寄っただけの話だ。なあ太一郎、そういうことなんだろう」

伊平次は後ろ振り返った。

「ええ、その通りです」

太一郎の顔も戸口から覗いた。

「その道具集めに私も使われてしまいましたが、見えてしまう立場の人間なのでそれは仕方がない。麻四郎さん、あなたは何も気にせず、料理の腕をふるって千石屋さんを立て直すことだけを考えてください」

麻四郎に向かってそう言った後で、太一郎は大八車の方へ目を向けた。

「そうなるとやはり円九郎さんのことが心配になります。本当に一緒に働くんですか。あの人と」

　麻四郎も大八車の方を見た。険しい顔で腕組みをしている巳之助に見守られた円九郎が、鏡台を持ち上げたところだった。

　自分はあれを上総屋から皆塵堂まで運んだが、かなり重かった。背負う形だったから何とかなったが、最初に立ち上がる時は上総屋の奉公人に手伝ってもらっている。それを円九郎は一人で持ち上げた。

　やはり力はある。怠け癖はあるが、使える男であることは間違いない。

「もちろんです。千石屋は万治郎さんと私、そして円九郎さんの三人で立て直しますよ」

　麻四郎は大きく頷いた。

「ふうむ。麻四郎さんがそうおっしゃるなら、私は何も言えませんが……やっぱりあなたは、人がいいですね。代々、それで不運に遭っているわけでしょう。本当に平気なのでしょうか。伊平次さんも気にかかっているようですし……」

　太一郎は、すぐ横にいる伊平次の顔を見た。

「いや、実を言うと俺はまったく心配していないぜ。確かに麻四郎は、かなり人がいい。しかしね、うちの店で峰吉とか連助、そしてあの円九郎みたいな男と仕事をしたせいか、麻四郎は初めよりもほんのちょっとだけ『意地悪』になったような気がするんだよ」

「は？」

麻四郎は目を丸くした。そんな自覚はない。

「少なくともあの円九郎に対してはね。だから平気だろう」

「ううむ」

伊平次の言うことが当たっているかどうかは分からないが、信じることにして麻四郎は千石屋の建物を見上げた。

明日から、いや今日からここで懸命に働き、店を立て直すぞ。そう心に誓った。不安に思うことなど、何一つありはしない。

主な参考文献

『近世風俗志（守貞謾稿）（一）〜（五）』喜田川守貞著　宇佐美英機校訂／岩波文庫
『江戸の暮らし図鑑――道具で見る江戸時代』高橋幹夫著／芙蓉書房出版
『江戸萬物事典――絵で知る江戸時代』高橋幹夫著／芙蓉書房出版
『やきものの事典』成美堂出版
『嘉永・慶応　江戸切絵図』人文社

あとがき

深川は亀久橋の近くにひっそりと佇《たたず》む皆塵堂という古道具屋を舞台に、曰《いわ》くのある品物を巡って騒動が巻き起こる「古道具屋 皆塵堂」シリーズの第八作であります。

さすがに八作目となりますと、本書を手に取ってくださったのは過去にこのシリーズを読んだことのある方が大半だと思います。しかし、輪渡作品に触れるのはこれが初めてだ、という方がいらっしゃるかもしれませんので、念のために申し上げておきます。本書は怪談を扱っております。幽霊が出てまいりますので、その手の話が苦手な方はご注意ください。

さて私、輪渡颯介は一九七二年の生まれでございまして、この本が出た時点で四十九歳になっております。まだまだ気だけは若いつもりでありますが、どうも微妙なレベルであちこちにガタが来ているようです。

まずは体の方ですが、先だって四十肩（五十肩？）になってしまいました。腕が上がらない、後ろにも回らない、といった状態で大変難儀をいたしました。

それでも輪渡は人間が粗忽《そこつ》にできておりますから、あまり考えずに財布をズボンの後ろポケットに入れてコンビニへ買い物に行ったりするわけです。で、「袋はいらないでぇす」などと呑気《のんき》に言いながら商品をレジに置き、勘定を払おうとしたところではたと気づく。さ、財布が取れない。

前を見ると若い女性店員さんが「○○円です」と言いながらニコニコしている。横に目を向けると別のお客さんが「早くしろよ」という顔で順番を待っている。これはいかんと輪渡は焦り、財布を取ろうと必死に手を伸ばす。が、届かない。

懸命に体を捻《ひね》って右腕を後ろへ回そうとするのですが、左肩の方が前に動いてしまうのです。痛みに耐えかねて体が戻ろうとするわけです。しかし他の人を待たせるのは悪いですから、それでも輪渡は頑張って右腕を後ろへ回します。でも痛い。左肩が前へ動く。輪渡は焦りながら体を捻る。やはり痛い。左肩が前へ……。

結果、コンビニのレジの前でクルクル回り出すという、ちょっと珍しいタイプの不審者になってしまいました。

あの時の店員さん、無駄に緊張させてしまい申しわけありませんでした。決して害のある人間ではないのです。自分のしっぽで遊んでいる犬みたいなものだと思っていただければ幸いです。

まあそんな肩の痛みも気がつくといつの間にかすっかり消え去っていて、今では棚の上の荷物は取り放題、背中やお尻も掻《か》き放題、といった状態です。

他にも「もう若くないな」と思うことに、小説を書く際の発想の変化があります。面白い会話やオチなどを懸命に考えて頭の中から捻り出すわけですが、どうも最近はそうして思いつく中にちょいちょい駄洒落《だじゃれ》がまざり込んでくるようになってしまいました。親父ギャグの代表と言われている、あの駄洒落です。たいていは喋っている本人だけが面白がって、聞いている者はただ愛想笑いをするだけという、あの駄洒落でございます。

これはいかん、自重しなければと思いつつ、実は本書の中にもその傾向がしっかりと刻みつけられています。読者の皆様、もし気づかれたとしても鼻で笑って読み飛ばしてくださいますようお願いいたします。

それから、これはあまり酷《ひど》いわけではないのですが、近頃は物忘れが多くなったように感じています。いや、正しくは「物覚えが悪くなった」でしょうか。

例えば本や映画などの内容がそうです。若い頃に読んだり観たりしたものはわりと覚えているのですが、五、六年くらい前に触れたものはすぐに忘れてしまったりする。

まあこれに関しては同じ本や映画が何度でも楽しめる幸せな頭になったのだと前向きにとらえています。輪渡の場合、火の元と戸締りの確認、あとは原稿の締切日さえ忘れなければ何とかなりますので。

……などという感じでここまでつらつらと書き連ねてまいりましたが、結局ここで輪渡が何を言いたいのかと申しますと、皆塵堂シリーズ前作『夢の猫』のあとがきで書いた内容はもう忘れた、ということでございます。もしかしたら「これはシリーズの最終刊になります」とか、「もう『古道具屋　皆塵堂』の続きを書くことは絶対にありません」とか、「伊平次《いへいじ》や峰吉《みねきち》、太一郎《たいちろう》、巳之助《みのすけ》といった連中が活躍することは二度とありません」などと書いたかもしれませんが、そんなものは忘れました。

「いやいやお前、しっかり覚えているじゃないか」と思われる読者の方もいらっしゃるかもしれません。はい。確かにその通りです。ですが、たった今、重しをつけて記憶の底へ沈めました。もう覚えてないです。

ということで、しれっとした顔で刊行いたしました本書「古道具屋　皆塵堂」シリーズ第八作『呪い禍』、どうか一つ、よろしくお願い申し上げます。

本書は書き下ろしです。

|著者|輪渡颯介　1972年、東京都生まれ。明治大学卒業。2008年に『掘割で笑う女 浪人左門あやかし指南』で第38回メフィスト賞を受賞し、デビュー。怪談と絡めた時代ミステリーを独特のユーモアを交えて描く。「古道具屋 皆塵堂」シリーズ（本シリーズ）に続いて「溝猫長屋 祠之怪」シリーズも人気に。他の著書に『ばけたま長屋』『悪霊じいちゃん風雲録』などがある。

呪《のろ》い禍《か》　古道具屋《ふるどうぐや》　皆塵堂《かいじんどう》

輪渡颯介《わたりそうすけ》

講談社文庫

定価はカバーに
表示してあります

2021年5月14日第1刷発行

発行者――鈴木章一
発行所――株式会社　講談社
東京都文京区音羽2-12-21　〒112-8001
電話　出版（03）5395-3510
　　　販売（03）5395-5817
　　　業務（03）5395-3615

Printed in Japan

デザイン―菊地信義
本文データ制作―講談社デジタル製作
印刷―――豊国印刷株式会社
製本―――株式会社国宝社

ISBN978-4-06-523505-8

講談社文庫刊行の辞

二十一世紀の到来を目睫に望みながら、われわれはいま、人類史上かつて例を見ない巨大な転換期をむかえようとしている。

世界も、日本も、激動の予兆に対する期待とおののきを内に蔵して、未知の時代に歩み入ろうとしている。このときにあたり、創業の人野間清治の「ナショナル・エデュケイター」への志を現代に甦らせようと意図して、われわれはここに古今の文芸作品はいうまでもなく、ひろく人文・社会・自然の諸科学から東西の名著を網羅する、新しい綜合文庫の発刊を決意した。

激動の転換期はまた断絶の時代である。われわれは戦後二十五年間の出版文化のありかたへの深い反省をこめて、この断絶の時代にあえて人間的な持続を求めようとする。いたずらに浮薄な商業主義のあだ花を追い求めることなく、長期にわたって良書に生命をあたえようとつとめるところにしか、今後の出版文化の真の繁栄はあり得ないと信じるからである。

同時にわれわれはこの綜合文庫の刊行を通じて、人文・社会・自然の諸科学が、結局人間の学にほかならないことを立証しようと願っている。かつて知識とは、「汝自身を知る」ことにつきていた。現代社会の瑣末な情報の氾濫のなかから、力強い知識の源泉を掘り起し、技術文明のただなかに、生きた人間の姿を復活させること。それこそわれわれの切なる希求である。

われわれは権威に盲従せず、俗流に媚びることなく、渾然一体となって日本の「草の根」をかたちづくる若く新しい世代の人々に、心をこめてこの新しい綜合文庫をおくり届けたい。それは知識の泉であるとともに感受性のふるさとであり、もっとも有機的に組織され、社会に開かれた万人のための大学をめざしている。大方の支援と協力を衷心より切望してやまない。

一九七一年七月

野間省一

講談社文庫 最新刊

浅田次郎	天子蒙塵《てんしもうじん》 (一)(二)	清朝最後の皇帝・溥儀が、満洲国の皇帝になるまでを描く「蒼穹の昴」シリーズ第五部！
綾辻行人	暗闇の囁き〈新装改訂版〉	暗い森。白亜の洋館。美しく謎めいた兄弟の周囲で相次ぐ〝死〟の背後には、何が――？
神楽坂淳	うちの旦那が甘ちゃんで 10	芝居見物の隙《すき》を衝く「芝居泥棒」が横行。月也と沙耶は芸者たちと市村座《いちむらざ》へ繰り出す。
高田崇史	オロチの郷、奥出雲〈古事記異聞〉	有名な八岐大蛇《やまたのおろち》退治の真相とは？ 出雲神話に隠された敗者の歴史が今、明らかになる。
堂場瞬一	ピットフォール	一九五九年、NY《ニューヨーク》。探偵は、親友の死の真相を追う。傑作ハードボイルド！〈文庫オリジナル〉
夏原エヰジ	Cocoon 4〈宿縁の大樹〉	運命に、抗《あらが》え――。美しき鬼斬り花魁《おいらん》の悲しい定めが明らかになる、人気シリーズ第四巻！
堀川アサコ	幻想商店街	商店街の立ち退き、小学校の廃校が迫る町で、一人の少女が立ち上がる。人気シリーズ最新作。
輪渡颯介	呪い禍〈古道具屋 皆塵堂〉	なぜか不運ばかりに見舞われる麻四郎《あさしろう》の家系には秘密があった。人気シリーズ待望の新刊！
斎藤千輪	神楽坂つきみ茶屋2〈突然のピンチと喜寿の祝い膳〉	腹ペコ注意！ 禁断の盃から蘇《よみがえ》った江戸時代の料理人・玄《げん》が料理対決!? シリーズ第二巻。

創刊50周年新装版

伊集院静	機関車先生〈新装版〉	瀬戸内の小島にやってきた臨時の先生と生徒たちとの絆を描いた名作。柴田錬三郎賞受賞作。
遠藤周作	深い河《ディープ・リバー》〈新装版〉	生きることの意味、本当の愛を求め、母なる河ガンジスに集う人々。毎日芸術賞受賞作。
内館牧子	別れてよかった〈新装版〉	どんなに好きでも、別れ際は潔く、美しく。いい女には、もっと素敵な恋が待っている。

講談社文庫 最新刊

砂原浩太朗
いのちがけ〈加賀百万石の礎〉
前田利家に命懸けで忠義を貫き百万石の礎を築いた男・村井長頼を端正な文体で魅せる。

作画：蔡志忠
訳：和田武司
監修：野末陳平
マンガ 孔子の思想
二五〇〇年の時を超え、日本人の日常生活に溶け込んできた『論語』の思想をマンガで学ぶ。

秋川滝美
マチのお気楽料理教室
気楽に集って作って食べて。郷土料理で旅気分も味わえる、マチの料理教室へようこそ。

西村健
目撃
電気料金を検針する奈津実の担当区域で、殺人事件が発生。彼女は何を見てしまったのか。

伊藤理佐
みたび！ 女のはしょり道
ラクしてちゃっかり、キレイでいたい。子育てママあるあるも満載のはしょり道第3弾！

赤神諒
大友落月記
「二階崩れの変」から6年。大国・大友家でまたお家騒動が起こった。大友サーガ第2弾！

小前亮
劉《りゅう》裕《ゆう》〈豪剣の皇帝〉
町の無頼漢から史上最強の皇帝へ。千人の叛《はん》乱軍《らんぐん》を一人で殲滅《せんめつ》した稀代の剛勇の下剋上！

講談社タイガ

凪良ゆう
すみれ荘ファミリア
すみれ荘管理人の一悟と、小説家の奇妙な同居生活。本屋大賞受賞作家が紡ぐ家族の物語。

西尾維新
モルグ街の美少年
美少年探偵団の事件簿で語られなかった唯一の事件——美しい五つの密室をご笑覧あれ！

降田天
ネメシスⅣ
天狗伝説が残る土地で不審死。だが証拠はない。探偵事務所ネメシスは調査に乗り出す。

藤石波矢
ネメシスⅤ
暴露系動画配信者の冤罪を晴らせ。嘘と欺瞞《ぎまん》に満ちた世界でネメシスが見つけた真相とは？

講談社文庫　目録

森 博嗣　今はもうない〈SWITCH BACK〉
森 博嗣　数奇にして模型〈NUMERICAL MODELS〉
森 博嗣　有限と微小のパン〈THE PERFECT OUTSIDER〉
森 博嗣　黒猫の三角〈Delta in the Darkness〉
森 博嗣　人形式モナリザ〈Shape of Things Human〉
森 博嗣　月は幽咽のデバイス〈The Sound Walks When the Moon Talks〉
森 博嗣　夢・出逢い・魔性〈You May Die in My Show〉
森 博嗣　魔剣天翔〈Cockpit on knife Edge〉
森 博嗣　恋恋蓮歩の演習〈A Sea of Deceits〉
森 博嗣　六人の超音波科学者〈Six Supersonic Scientists〉
森 博嗣　捩れ屋敷の利鈍〈The Riddle in Torsional Nest〉
森 博嗣　朽ちる散る落ちる〈Rot off and Drop away〉
森 博嗣　赤緑黒白〈Red Green Black and White〉
森 博嗣　四季 春～冬
森 博嗣　φ《ファイ》は壊れたね〈PATH CONNECTED φ BROKE〉
森 博嗣　θ《シータ》は遊んでくれたよ〈ANOTHER PLAYMATE θ〉
森 博嗣　τ《タウ》になるまで待って〈PLEASE STAY UNTIL τ〉
森 博嗣　ε《イプシロン》に誓って〈SWEARING ON SOLEMN ε〉
森 博嗣　λ《ラムダ》に歯がない〈λ HAS NO TEETH〉

森 博嗣　η《イータ》なのに夢のよう〈DREAMILY IN SPITE OF η〉
森 博嗣　目薬α《アルファ》で殺菌します〈DISINFECTANT α FOR THE EYES〉
森 博嗣　ジグβ《ベータ》は神ですか〈JIG β KNOWS HEAVEN〉
森 博嗣　キウイγ《ガンマ》は時計仕掛け〈KIWI γ IN CLOCKWORK〉
森 博嗣　χ《カイ》の悲劇〈THE TRAGEDY OF χ〉
森 博嗣　イナイ×イナイ〈PEEKABOO〉
森 博嗣　キラレ×キラレ〈CUTTHROAT〉
森 博嗣　タカイ×タカイ〈CRUCIFIXION〉
森 博嗣　ムカシ×ムカシ〈REMINISCENCE〉
森 博嗣　サイタ×サイタ〈EXPLOSIVE〉
森 博嗣　ダマシ×ダマシ〈SWINDLER〉
森 博嗣　女王の百年密室〈GOD SAVE THE QUEEN〉
森 博嗣　迷宮百年の睡魔〈LABYRINTH IN ARM OF MORPHEUS〉
森 博嗣　赤目姫の潮解〈LADY SCARLET EYES AND HER DELIQUESCENCE〉
森 博嗣　まどろみ消去〈MISSING UNDER THE MISTLETOE〉
森 博嗣　地球儀のスライス〈A SLICE OF TERRESTRIAL GLOBE〉
森 博嗣　今夜はパラシュート博物館へ〈THE LAST DIVE TO PARACHUTE MUSEUM〉
森 博嗣　虚空の逆マトリクス〈INVERSE OF VOID MATRIX〉
森 博嗣　レタス・フライ〈Lettuce Fry〉

森 博嗣　僕は秋子に借りがある I'm in Debt to Akiko〈森博嗣自選短編集〉
森 博嗣　どちらかが魔女 Which is the Witch?〈森博嗣シリーズ短編集〉
森 博嗣　探偵伯爵と僕〈His name is Earl〉
森 博嗣　喜嶋先生の静かな世界〈The Silent World of Dr.Kishima〉
森 博嗣　実験的経験〈Experimental experience〉
森 博嗣　そして二人だけになった〈Until Death Do Us Part〉
森 博嗣　つぶやきのクリーム〈The cream of the notes〉
森 博嗣　つぼやきのテリーヌ〈The cream of the notes 2〉
森 博嗣　つぼねのカトリーヌ〈The cream of the notes 3〉
森 博嗣　ツンドラモンスーン〈The cream of the notes 4〉
森 博嗣　つぼみ茸《きのこ》ムース〈The cream of the notes 5〉
森 博嗣　つぶさにミルフィーユ〈The cream of the notes 6〉
森 博嗣　月夜のサラサーテ〈The cream of the notes 7〉
森 博嗣　つんつんブラザーズ〈The cream of the notes 8〉
森 博嗣　ツベルクリンムーチョ〈The cream of the notes 9〉
森 博嗣　１００人の森博嗣〈100 MORI Hiroshies〉
森 博嗣　的を射る言葉〈Gathering the Pointed Wits〉
森 博嗣　カクレカラクリ〈An Automaton in Long Sleep〉
森 博嗣　ＤＯＧ＆ＤＯＬＬ

講談社文庫　目録

諸田玲子　其《そ》の一《いち》日《にち》
諸田玲子　森家の討ち入り
森　達也　「自分の子どもが殺されても同じことが言えるのか」と叫ぶ人に訊きたい
森　達也　すべての戦争は自衛から始まる
本谷有希子　腑抜けども、悲しみの愛を見せろ
本谷有希子　江利子と絶対〈本谷有希子文学大全集〉
本谷有希子　あの子の考えることは変
本谷有希子　嵐のピクニック
本谷有希子　自分を好きになる方法
本谷有希子　異類婚姻譚
本谷有希子　静かに、ねぇ、静かに
茂木健一郎　「赤毛のアン」に学ぶ幸福《しあわせ》になる方法
茂木健一郎 with ダイアログ・イン・ザ・ダーク　まっくらな中での対話
森川智喜　キャットフード
森川智喜　スノーホワイト
森川智喜　一つ屋根の下の探偵たち
森 林原人　セックス幸福論〈偏差値78のAV男優が考える〉
桃戸ハル編・著　5分後に意外な結末〈ベスト・セレクション〉
桃戸ハル編・著　5分後に意外な結末〈ベスト・セレクション　黒の巻・白の巻〉
森　功　高倉健〈隠し続けた七つの顔と「謎の養女」〉
山田風太郎　甲賀忍法帖〈山田風太郎忍法帖①〉
山田風太郎　伊賀忍法帖〈山田風太郎忍法帖③〉
山田風太郎　忍法八犬伝〈山田風太郎忍法帖④〉
山田風太郎　風来忍法帖〈山田風太郎忍法帖⑪〉
山田風太郎　新装版 戦中派不戦日記
山田正紀　大江戸ミッション・インポッシブル〈顔役を消せ〉
山田正紀　大江戸ミッション・インポッシブル〈幽霊船を奪え〉
山田詠美　晩年の子供
山田詠美　A《エイ》2《トゥ》Z《ズィ》
山田詠美　珠玉の短編
柳家小三治　ま・く・ら
柳家小三治　もひとつ ま・く・ら
柳家小三治　バ・イ・ク
山口雅也　垂里冴子のお見合いと推理
山本一力　深川黄表紙掛取り帖
山本一力　牡丹酒〈深川黄表紙掛取り帖(二)〉
山本一力　ジョン・マン1 波濤編
山本一力　ジョン・マン2 大洋編
山本一力　ジョン・マン3 望郷編
山本一力　ジョン・マン4 青雲編
山本一力　ジョン・マン5 立志編
椰月美智子　十二歳
椰月美智子　しずかな日々
椰月美智子　ガミガミ女とスーダラ男
椰月美智子　恋愛小説
柳　広司　キング&クイーン
柳　広司　怪談
柳　広司　ナイト&シャドウ
柳　広司　幻影城市
柳　広司　風神雷神(上)(下)
薬丸　岳　天使のナイフ
薬丸　岳　闇の底
薬丸　岳　虚夢
薬丸　岳　刑事のまなざし
薬丸　岳　逃走
薬丸　岳　ハードラック
薬丸　岳　その鏡は嘘をつく

講談社文庫　目録

2021年3月12日現在